KB067185

FANTASTIC ORIENTAL HEROES
**임영기** 新무협 판타지 소설

# 등룡기 9

## 임영기 新무협 판타지 소설

초판 1쇄 찍은 날 § 2014년 10월 1일
초판 1쇄 펴낸 날 § 2014년 10월 7일

지은이 § 임영기
펴낸이 § 서경석

편집부장 § 권태완
편집책임 § 박가연

펴낸곳 § 도서출판 청어람
등록번호 § 제387-1999-000006호
등록일자 § 1999. 5. 31
어람번호 § 제2-2535호

주소 § 경기도 부천시 원미구 부일로 483번길 40 서경B/D 3F (우) 420-822
전화 § 032-656-4452  팩스 § 032-656-4453
http://www.chungeoram.com
E-mail § chungeorambook@daum.net

ISBN 979-11-361-9227-1 04810
ISBN 979-11-5681-982-0 (세트)

騰龍記

등룡기

FANTASTIC ORIENTAL HEROES

임영기 新무협 판타지 소설

9

삼룡천하(三龍大下)

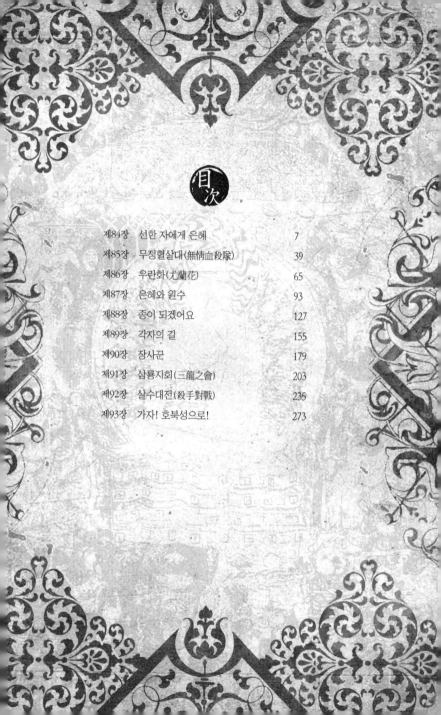

目次

제84장  선한 자에게 은혜                      7

제85장  무정혈살대(無情血殺隊)              39

제86장  우란화(尤蘭花)                        65

제87장  은혜와 원수                           93

제88장  종이 되겠어요                        127

제89장  각자의 길                            155

제90장  장사꾼                               179

제91장  삼룡지회(三龍之會)                 203

제92장  살수대전(殺手對戰)                 235

제93장  가자! 호북성으로!                   273

# 第八十四章

선한 자에게 은혜

등룡기

무림에 천하육룡의 시대가 도래했다.

만약 한 시대에 한 명의 용(龍)만 출현했더라면 능히 그의 천하가 됐을 터이지만, 애석하게도 동시대에 한꺼번에 육룡(六龍)이 출현하여 각축을 벌이고 있다.

그 정도로 천하육룡 각자의 무위와 명성, 세력, 영향력은 전무후무할 정도다.


절세불룡.

더 이상의 설명이 필요하지 않은 인물이다. 어떤 형태가 되었든지 간에 그로 인하여 소림사의 명성과 세력이 역대 최고의 위치에 올려졌다.

불가에서도 용이 탄생할 수 있다는 사실을 최초로 증명한 소림사상 최고수가 바로 절세불룡이다.

무림의 여덟 개 하늘인 팔대문파가 소림사, 아니, 절세불룡에게 복종했으며, 표면상으로는 천하무림의 거의 모든 방파와 문파가 그에게 충성하고 있다.

불가에서는 예전에도 절세불룡 같은 인물이 없었으며 앞으로도 없을 것이다.


무적검룡.

십칠 세에 무림에 출도하여 지금까지 천삼백여 차례 이상 싸워서 한 번도 패한 적이 없다는, 그래서 '무적'이라는 별호를 얻은 불세출의 영웅이다.

무적검룡은 세력이나 추종자를 거느리지 않으며 언제나 혼자 떠돌아다닌다.

검술로써 입신지경(入神之境)에 이르러 인간의 한계를 초월했다는 평가를 받고 있다.

그는 비록 홀로 천하를 주유하지만 무림인들은 무림 최대 세력의 우두머리인 절세불룡보다 무적검룡과 마주치는 것을 더 두려워한다. 그 이유는 상상에 맡긴다.

등룡신권.

그는 천하육룡 중에서 최약체라고 평가된다.

원래는 천하사룡이었는데 그가 이 년여 전에 단신으로 소림사에 걸어서 찾아가는 바람에 말하기 좋아하는 무림의 호사가들 입담이 그를 등룡신권으로, 그리고 천하오룡의 반열에 올려놓았다는 평가가 지배적이다.

말하자면 그에 대한 좋은 소문들이 그를 천하오룡으로 만들었다는 얘기다.

거기에는 그와 천하이미 중 한 명인 천상옥화 독고지연과의 애끓는 사랑의 얘기가 큰 몫을 했었다.

소문이 그를 등룡신권으로 만들었다는 증거로, 그는 일 년여 전에 영능과 일대일로 싸워서 패하여 죽었다는 소문이 자자했었다.

그 당시에 영능은 천하육룡도 뭣도 아닌 존재였는데 그런 그와 싸워서 등룡신권이 죽었다는 것이다.

그 일로 인해서 영능에게 절세불룡이라는 별호를 얻게 해준 장본인이 등룡신권이기도 하다.

하지만 영능에게 죽었다던 등룡신권이 어느 날 부활하여 동무림의 군주인 뇌전팽가의 가주 팽기둔을 죽이고 뇌전팽가를 괴멸시켰다.

그리고 여세를 몰아서 동무림 전체를 장악하는 대사건이 벌어지자 당금 무림에서는 그에 대한 평가와 행보에 대한 호불호가 극명하게 엇갈리고 있다.

절세불룡에게 죽었다는 소문 때문에 등룡신권이 천하육룡 중에서 최약체로 평가됐었는데, 그가 살아 있는 것이 확인되었으니까 그 평가가 잘못됐다는 것이 그를 좋게 평가하는 쪽이다.

그리고 반대의 평가는, 어쨌든 등룡신권이 절세불룡에게 패해서 겨우 목숨을 건졌으니까 천하육룡에는 미치지 못하는 실력일 것이라는 주장이다.

또한 부활한 등룡신권의 발 빠른 행보에 대해서는, 그가 동무림을 장악한 명분이 절세불련을 와해시켜서 무림의 평화와 정의를 실현시키겠다는 것인데, 그것에 대한 호불호가 갈라지는 것이다.

즉, 등룡신권이 내세우고 있는 대의명분을 믿는 쪽과 믿지 않는 쪽이다.

전자의 경우에는 그를 무림의 영웅으로 여기지만, 후자의 경우는 등룡신권이 사리사욕을 위해서 동무림을 장악했으며, 그가 제이의 절세불룡이 되지 않는다고 누가 장담하겠느냐고 주장한다.

수라마룡.

그에 대해서 알려진 바는, 천하제일의 도법을 구사한다는 것. 그의 도에 죽은 사람 수가 무려 만여 명에 달한다는 것. 그래서 무림사상 최고의 살인마라는 점. 그리고 강서성 파양호(鄱陽湖)변에 세워진 신생방파 수라전의 전주인 동시에 마도제일인(魔道第一人)이라는 사실 등이다.

그 외의 것들은 알려지지 않았으며, 알려진 사실만으로도 그는 천하육룡이 되고도 남을 자격을 지녔다.


무정혈룡(無情血龍).

그는 살수(殺手)다. 그러나 그냥 살수가 아니라 살수의 왕(王)으로 군림하고 있다.

항간에 떠도는 믿을 만한 소문에 의하면 그는 천하제일의 부자라고 한다.

그런데 그가 모은 돈이 전부 다 사람을 죽여주고 받은 살수 청부금이라는 것이다.

도대체 얼마나 많은 사람을 죽였으면, 또 한 명을 죽일 때마다 얼마나 큰 액수를 받았기에 살수 청부금만으로 천하제일부자가 될 수 있었다는 말인가.

무정혈룡이 비록 살수지왕(殺手之王)이라고 해도 일개 살수임에는 분명하다.

그런데도 천하육룡, 그것도 등룡신권이나 절세불룡 이전 천하사룡이었을 때 하나의 용의 반열에 올랐으니 가히 불가사의한 일이 아닐 수 없다.


독보창룡(獨步蒼龍).

이 인물 역시 원년 천하사룡의 한 명이다. 무림인들에게 천하육룡 중에서 가장 특이한 인물이 누구냐고 묻는다면 두말하지 않고 독보창룡을 꼽을 것이다.

첫째, 독보창룡이 언제 무림에 출현했는지는 정확하게 알려지지 않았으나, 그가 처음으로 독보객(獨步客)이라는 별호로 불리기 시작했을 무렵부터 누군가에게 끊임없이 쫓기는 신세였었다.

그가 독보객이라는 별호를 얻었을 때가 겨우 십칠 세였으며, 이십 세에 독보창룡이라는 별호로 천하사룡의 반열에 올랐었다.

어쩌면 그는 십칠 세 이전, 그러니까 독보객이라고 불리기 훨씬 이전부터 누군가에게 쫓기고 있었는지도 모른다고 무림인들은 추측하고 있다.

그에 대한 세 가지는 분명했다. 그는 쫓기면서 점점 고강해졌으며, 독보객부터 독보창룡까지 쫓기면서 죽인 추격자의 수가 무려 천오백여 명에 달하고, 그를 추격하는 세력이 누구인지는 모르지만 무소불위의 능력을 지녔을 것이라는 사실이다.

둘째, 독보창룡은 몇 가지 대단한 기록을 지니고 있다. 그 중에서도 단연 으뜸이 살수지왕인 무정혈룡의 표적이 되고서도 지금껏 살아 있다는 사실이다.

무정혈룡은 청부를 받은 지 사 년이 지나도록 표적을 죽이지 못했다는 오점을 안게 되었지만, 독보창룡은 무정혈룡의 천라지망(天羅之網)에서도 오늘도 꿋꿋하게 도주하고 있는 유일한 인물이 되었다.

독보창룡이 천하사룡의 한 명이 될 수 있었던 이유가 바로 무정혈룡의 살수로부터 장장 이 년이나 살아남았다는 사실 때문이었다.


                    *          *          *


북경성을 떠난 지 이십삼 일째 정오 무렵에 도무탄은 안휘성 서남단 장강(長江)변에 위치한 회령현(懷寧縣)의 포구에 이르렀다.

그곳에서 배를 타고 장강을 오십여 리쯤 거슬러 오르다가 파양호가 나타나면 그곳에서 배를 갈아타고 수라전 근처까지 가려는 계획이다.

도무탄이 마도를 일통한 수라마룡을 만나려고 하는 행동은 누가 보더라도 미친 짓이다.

고수들을 대규모로 이끌고 수라전을 치러 간다고 해도 미친 짓인데, 혈혈단신으로 마도의 세력권 한가운데로 걸어 들어가서 수라마룡을 만나려고 하는 것은 정신이 나갔다고밖에는 볼 수가 없다.

하지만 그로서는 그렇게 하는 것 외에는 어떻게 해볼 도리가 없다.

절세불룡 영능과 수라마룡 둘 중에 한 명을 먼저 상대해야만 하는 상황에서 수라마룡을 선택한 것이다.

절세불룡하고는 타협이라는 것이 있을 수가 없다. 오로지 싸움뿐이고 영능이든 도무탄이든 둘 중에 누구 한 명이 죽어야지만 싸움이 끝날 것이다.

그렇지만 수라마룡은 아니다. 그와는 원한도 은혜도 맺은 적이 없는 깨끗한 관계다.

그러므로 꼭 싸움만이 아니더라도 달리 여러 가지 타협을 할 수 있는 여지가 남아 있는 것이다.

또한 도무탄은 한때 수라마룡의 수하로서 동무림 밀운현의 맹도군이었던 혈마루주 중경에게 수라마룡이라는 인물에 대해서 들은 바가 있다.

도무탄이 주목하는 점은 수라마룡의 성격이다. 중경의 말에 의하면 수라마룡은 잔인무도하고 괴팍하며 고집이 무척 세다고 한다.

그리고 마도인으로서는 보기 드물게 대장부나 영웅적 기질이 강할 뿐만 아니라, 한 번 입으로 내뱉은 말은 반드시 지킨다는 것이다.

도무탄이 주목하는 것이 바로 수라마룡의 대장부적인 기질과 약속을 중시하는 그 성격이다.

아직 구체적인 계획을 구상하지는 않았지만 이것저것 서너 가지 방법의 큰 가지를 생각해 둔 것이 있다.

만에 하나 그 방법들이 먹히지 않는다면 최후의 방법을 선택할 생각이다.

그것은 그가 수라마룡과 일대일로 정정당당하게 대결을 펼치는 것이다.

물론 대결이 성사되더라도 그전에 수라마룡하고 한 가지 약속을 해야 한다.

도무탄이 패하면 어쩔 수 없지만, 만약 그가 이길 경우에는 마도가 무림을 제패하려는 계획, 즉 마도대업을 접으라고 요구를 할 생각이다.

늦은 오전 무렵. 도무탄은 회령포구에 있는 단층짜리 주루에서 한 명의 평범한 경장 차림의 사내와 마주 앉아서 대화를 나누고 있다.

도무탄이 대화를 나누고 있는 사내는 개방의 이곳 회령현 분타주이며 그간의 소식을 알려주고 있는 중인데, 그는 다른 개방 제자들처럼 거지 차림이 아니라 평범하지만 말쑥한 경장을 입고 있는 점이 특이했다.

"그리고… 마지막으로 한 가지 더 보고드릴 말씀이 있습니다만."

"뭔가?"

"고옥군이라는 분이 북경성에 오셨다고 합니다. 소방주께서 그렇게 전해 드리면 도 대협께서 알 것이라고……."

"옥군이?"

지금껏 묵묵히 들으면서 술을 마시고 있던 도무탄은 그 말을 듣고는 화들짝 놀라서 하마터면 들고 있던 술잔을 놓칠 뻔했다.

그는 여간해서는 놀라는 성격이 아닌데 난데없이 고옥군이 북경성에 왔다는 소식은 놀랄 정도가 아니라 그야말로 뒤집어질 일이다.

"그, 그녀가 어째서 북경성에 왔다는 것인가?"

얼마나 놀랐으면 말까지 더듬었다.

삼십 대 중반의 나이에 점잖게 생긴 회령분타주는 도무탄의 놀라는 모습에 적잖이 당황했다.

지금까지 보고를 하는 중에 그가 이처럼 놀라는 모습을 보인 것이 처음이기 때문이다.

"제… 가 뭘 잘못했습니까?"

그런 것이 아닌 줄 알면서도 회령분타주는 자신이 뭘 잘못한 것이 아닌가 하는 생각마저 들었다.

그도 그럴 것이, 그는 지금 천하육룡 중 한 명인 등룡신권과 일대일로 마주 앉아 있으니 극도로 긴장하고 있는 것이 당연했다.

"아닐세. 어떻게 된 일인지 자세히 설명해 보게."

도무탄은 자신의 본의 아닌 호들갑에 회령분타주가 놀란 것 같아서 그의 잔에 손수 술을 따라주는 것으로 사과를 대신했다.

회령분타주는 황송한 듯 두 손으로 공손히 술잔을 받고 나서 설명했다.

"고옥군 님께서는 한매선이라는 분과 함께 북경성에 오셨다고 합니다. 저는 여기까지만 알고 있습니다."

"매선 누님이……."

탁!

도무탄은 손바닥으로 이마를 치며 한 대 얻어맞은 것 같은 표정을 지었다.

'한매선'이라는 이름을 듣는 순간 그는 모든 것을 다 이해할 수 있었다.

한매선은 필경 천유공에게 모든 사실, 즉 도무탄이 사부 고연후의 후손인 고대부인 고옥군과 혼인을 했었다는 사실과 그녀가 태왕족, 그리고 고구려 유민들을 이끌고 새로운 정착지로 이주했다는 등의 얘기를 다 들었을 것이다.

그래서 한매선은 제 딴에는 도무탄의 꼬인 일을 쉽게 풀어준답시고 자신이 전면에 나서서 오지랖을 떨고 있는 것이 분명하다.

"매선 누님은 정말……."

도무탄은 한매선이 무슨 의도로 그런 짓을 하려는 것인지 짐작할 수 있기 때문에 난감한 심정이 되어 두 손으로 머리를 감싸 안았다.

한매선은 고옥군을 데리고 연지루로 가서 독고지연과 은한 자매에게 소개시키려는 것이 분명하다. 비단 소개시키려는 것뿐만 아니라 소위 도무탄의 여자들 간의 서열을 바로 잡으려는 의도인 것이다.

도무탄은 그렇게 못할 테니까 자신이 나서서 도무탄 대신 매를 맞겠다는 뜻이다.

한 번 그렇게 해두면 그녀들끼리 친해지든가 아니면 반대의 결과가 나타나더라도 서열이 자연스럽게 정해져서 굳어지게 될 터이다.

도무탄은 태왕가에서 고옥군과 정식으로 혼례를 올렸기 때문에 그녀가 정실부인이고, 독고지연과 은한 자매는 아직은 연인이라고 할 수 있다.

그가 제일 먼저 알게 되고 또 사랑한 여자가 독고지연이었다고 해도 누구하고 먼저 혼례를 올렸느냐에 따라서 대부인과 둘째부인, 셋째부인의 순서가 정해지는 법이다. 그것은 중원이나 고려국 둘 다 같았다.

지금에 와서 도무탄은 자신이 세 여자 중에서 누굴 제일 사랑하는지 한 여자만을 말할 수 없게 되었다. 독고지연은 그녀대로, 그리고 독고은한과 고옥군은 그녀들만의 끈끈한 그 무엇이 있다.

그렇기 때문에 누구 한 여자를 편애한다는 것은 있을 수 없는 일이다.

"이거 참……."

도무탄이 난감해하고 있는 동안 회령분타주는 그의 눈치를 살피느라 꼿꼿하게 앉아서 좌불안석이다.

잠시의 시간이 흐른 후에 도무탄은 창밖의 분주한 포구를 내다보다가 어쩌면 이게 잘된 일인지도 모른다는 생각이 문득 들었다.

어차피 언젠가는 고옥군을 독고지연과 은한 자매, 그리고 측근들에게 소개를 해야만 했었다.

고옥군을 아무도 모르는 곳에 꼭꼭 숨겨두고 쉬쉬하고 싶은 생각은 추호도 없었다.

그것은 그의 성격에도 전혀 맞지 않는 일이고 고옥군에게도 못할 짓이다.

그뿐만 아니라 독고지연과 은한 자매를 기만하는 비열한 짓이기도 하다.

그렇지만 독고지연과 은한 자매, 심지어 측근들에게 고옥군을 소개하기 위해서는 깊은 고민과 대단한 용기가 필요할 터이다.

또한 독고지연과 은한 자매가 충격을 받고 슬퍼하는 모습을 봐야 하는 각오를 해야만 한다.

그러려면 빠른 시일 안에는 그 일이 이루어지기 어렵다. 그래서 도무탄은 모든 일, 즉 영능을 비롯한 절세불련을 괴멸시키고 웬만큼 주변 정리가 된 연후에 고옥군을 중원으로 부를 생각이었다.

그랬는데 그것을 한매선이 도무탄에게는 일언반구 상의도 없이 혼자서 뚝딱 해치워 버린 것이다.

고옥군을 보고 독고지연과 은한 자매가 얼마나 큰 충격에 휩싸일 것인지 짐작하니까 도무탄은 지금 마시고 있는 술이 코로 들어가는지 입으로 들어가는지도 모를 정도의 착잡한 심정이 되었다.

그런데 막상 그런 일이 눈앞에서 벌어진다면 그는 독고지연 은한 자매 앞에 무릎을 꿇고 손이 발이 되도록 싹싹 빌든가 아니면 그냥 처분만 바라는 심정으로 고개를 숙이고 침묵만 지키고 있을 수밖에 없을 것이다.

그런데 그 일이 그가 북경성을 비우고 있는 시기에 한매선에 의해서 벌어진다니, 생각해 보면 좀 야비한 생각이 들기는 하지만 잘된 일이다.

수라마룡의 일을 마치고 북경성에 돌아가면 모든 일이 다 정리된 후일 것이다.

독고지연과 은한 자매의 따가운 눈총을 받아야 할 테지만 그 정도쯤이야 웃으면서 넘길 수 있다.

착한 여자들이니까 하룻밤만 몸이 부서지도록 열심히 봉사를 하면 다 용서해 줄 것이라고 믿는다.

그는 술잔을 들어 두 손으로 잡고 북경성이 있는 북쪽을 향해 약간 높이 받들었다.

"연아, 한아. 미안하다."

진심 어린 얼굴로 중얼거리고는 마치 독약이 든 술을 마시듯 단숨에 술잔을 비웠다. 이 술이 벌주인 셈이다.

회령분타주는 뜻밖에 도무탄의 인간적인 면을 발견하고는 빙그레 미소 지었다.

등룡신권이 천하이미의 한 명인 천상옥화 독고지연, 그리고 그녀와 미모가 버금가는 하지만 또 다른 매력의 소유자인 독고은한 자매를 얻었다는 사실은 하나의 신화처럼 잘 포장이 되어 천하에 알려졌다.

그런 탓에 도무탄은 천하의 모든 남자에게 부러움과 질투를 한 몸에 받고 있다.

그래서 도무탄이 '연아', '한아'라고 중얼거리는 것을 보고 회령분타주는 누구를 칭하는 것인지 알아차렸다.

뿐만 아니라 고옥군이라는 여자가 북경성에 왔다는 것이 무슨 뜻인지도 눈치로 때려잡았다. 개방의 분타주쯤 되면 눈치만 논한다면 초극고수 수준이다.

도무탄은 창밖에서 시선을 거두고 빈 잔에 술을 따르려다가 회령분타주가 자신을 보면서 엷은 미소를 짓고 있는 것을 발견하고 마주 미소를 지어 보였다.

"자네 혼인했나?"

회령분타주는 자신이 등룡신권 면전에서 미소를 짓고 있었다는 사실을 깨닫고 깜짝 놀라더니 공손히 대답했다.

"했습니다. 애가 셋인걸요."

도무탄은 고개를 끄떡였다.

"행복하겠군."

회령분타주는 진지한 표정을 지었다.

"개방에는 개인적인 사생활이 허용되는 소수의 외방 제자(外

幇弟子)와 개방의 엄격한 규율을 지켜야 하는 대다수의 내방 제자(內幇弟子)가 있는데 저는 외방 제자라서 혼인을 할 수 있었습니다."

"그렇군."

도무탄은 개방 회령분타주가 평범한 복장을 하고 있는 것이 조금 이상했는데 이유를 알게 되었다.

외방 제자는 사생활이 보장되니까 구태여 거지 복장을 할 이유가 없는 것이다.

"사실 저는 혼인한 것을 후회하고 있습니다요."

회령분타주는 씁쓸한 표정을 지으며 고백했다.

"어째서 그런가? 부인과 아이가 셋이나 있으면 행복해야 하는 것 아닌가?"

"그게······."

회령분타주는 뭔가를 말하려다가 갑자기 정신이 번쩍 들어서 급히 두 손을 저었다.

"제가 괜한 말씀을 드렸습니다. 마음에 두지 마십시오."

"알겠네."

도무탄은 고개를 끄떡였으나 회령분타주가 가슴속에 담고 있는 말이 무엇인지 대충 짐작할 수 있을 것 같았다.

도무탄은 창밖을 내다보면서 화제를 바꾸어 지나가는 말처럼 물었다.

"배가 언제 있다고 했지?"

"강서성 호구(湖口)까지 가는 배는 하루에 두 차례 있으며 아침 사시(巳時:아침 10시)와 오후 신시(申時:오후 4시)에 있습니다. 대협께선 신시 배를 타시면 내일 오후 이맘때쯤이면 호구에 도착하실 것입니다."

도무탄은 어젯밤 늦게 이곳에 도착해서 회령분타주를 만나 그가 잡아놓은 포구 근처의 객잔에서 푹 자고 느지막이 일어났었다.

지금 시각이 아직 정오가 되지 않았으니까 신시가 되려면 두 시진 이상이나 남았다.

"술을 좀 더하고 싶은데……."

"요리와 술을 더 시키겠습니다."

도무탄의 말에 회령분타주가 벌떡 일어섰다.

"아니, 자네 집에서 한잔하는 게 어떤가?"

회령분타주 장생(張笙)은 소스라치게 놀랐다. 설마 등룡신권이 자신의 누추하기 짝이 없는 집에 가자고 할 줄은 꿈에도 예상하지 못했다. 그렇지만 감히 누구 명령이라고 거절하겠는가.

"저의… 집에서 말입니까?"

"집이 먼가?"

"그렇지는 않습니다만……."

슥—

"그럼 가세. 앞장서게."

도무탄은 장생이 뭐라고 하기도 전에 일어나서 주루 밖으로 나갔다.

"하아… 이거 참……."

장생은 자신의 집 안 꼬락서니를 생각하니까 저절로 한숨만 나왔다.


장생은 어쩔 수 없이 도무탄을 데리고 자신의 집으로 갔다.

그러나 골목 끄트머리 개천가에 자리 잡고 있는 허름한 집은 텅 비어 있었다.

"대협. 자, 잠시만 기다리십시오. 제가 금세 마누라를 데려오겠습니다."

도무탄은 좁은 마당에 서서 집을 둘러보다가 곧 눈살을 찌푸렸다.

떨어져 나간 문짝에 뚫어진 창, 달랑 두 개 있는 방의 문을 열고 안을 들여다보니 가구는 하나도 없고 나뭇조각을 두드려서 맞춘 무슨 용도로 사용하는지 모를 자그마한 궤짝 같은 것이 몇 개 있는 게 전부였다.

그래도 방 안이 깨끗하고 이불이 잘 개어져 있으며 정성껏 청소하고 손질한 흔적이 역력했다.

그걸 보면 비록 가난하지만 장생의 부인이 매우 부지런하다는 사실을 짐작할 수 있다.

도무탄은 집 안을 대충 둘러보고 나서 마당에 달랑 한 그루 서 있는 탱자나무 아래 그늘에 섰다.

그는 아까 회령분타주 장생이 혼인한 것을 후회한다고 말했을 때 무엇 때문에 그러는지 대충 짐작이 갔었다. 그리고 이 집에 와서 집 안을 둘러보고 나서는 자신의 짐작이 거의 확실할 것이라고 생각했다.

장생이 부지런하고 아이를 셋씩이나 낳아준 부인과 혼인한 것을 후회하고 있을 리가 없다.

필경 또 다른 이유가 있을 텐데 도무탄은 그것이 돈 때문일 것이라고 판단했다.

개방 자체가 가난하다는 사실은 무림인이라면 모르는 사람이 없을 정도다.

그런 개방에서 분타주 노릇을 하는 장생이 매월 받는 녹봉이라고 해봐야 다섯 식구가 입에 풀칠을 하는 것조차도 힘에 버거울 터이다.

아이를 아예 낳지 않았거나 낳아도 하나만 낳았더라면 좋았을 것을, 셋씩이나 낳았으니 다섯 식구 모두가 제대로 입고 먹지도 못하면서 죽을 고생만 하고 있는 것이다.

혼인을 하지 않았으면 모르거니와 혼인을 했는데 어찌 아이가 생기지 않겠는가. 혼인과 아이는 떼려야 뗄 수 없는 필연적인 연결 고리다.

장생은 괜히 혼인을 해서 부인과 아이들을 고생시키는 것이라고 자책하고 있는 것이 분명했다.

그래서 도무탄은 그냥 지나는 길이지만 그런 사람은 반드시 도와줘야겠다고 생각했다.

옛말에도 흘러가는 물을 떠주는 것만으로도 은혜라고 하지 않았던가.

도무탄으로서는 약간의 적선이지만 장생 가족에게는 평생의 행복이 될 수 있는 것이다.

"아, 아이고! 대협! 너무 오래 기다리시게 했습니다요……!"

도무탄이 무료해지려고 할 때 장생이 호들갑을 떨면서 문으로 들어서고, 그 뒤를 꾀죄죄한 모습의 아낙네가 젖먹이 아기를 안고 따라 들어왔다.

아낙네의 옷과 머리카락에 검불이 많이 붙어 있고 헝클어진 머리카락, 손과 옷이 흙투성이인 것으로 미루어 밭일을 하다가 장생에게 불려온 것 같았다.

그녀의 모습은 도무탄이 상상했던 딱 그대로였다. 생활에 찌든 최하층민의 그것이다.

장생에게 논이나 밭이라도 있다면 이런 궁핍한 생활을 할

리가 없다.

필경 아낙네는 남의 집 밭일을 해주고 곡식이나 한 움큼 얻는 품앗이를 해주는 것 같았다.

아이가 셋이라고 했는데 아낙네가 한 아이만 가슴에 안고 천으로 둘둘 감고 있는 것으로 봐선 젖먹이를 안은 채 밭일을 한 것이 분명하고, 다른 두 아이는 밖에서 놀고 있는 모양이다.

"대협, 못난 제 마누랍니다. 이봐, 어서 인사 올리지 않고 뭘 하느냐?"

제 나이는 이십 대 후반일 텐데 고생으로 말미암아 사십 대로 보이는 아낙네는 감히 도무탄과 눈을 마주치지도 못하고 허리를 굽혔다.

장생의 부인이 닭을 한 마리 푹 고아 왔으며 술도 제법 향이 좋은 것을 내왔다.

도무탄은 눈으로 보지 않았지만 장생 부인이 큰 무리를 한 것을 짐작할 수 있었다.

장생이 필경 도무탄을 굉장한 인물이라고 소개했기 때문일 것이다.

굉장한 인물이나마나 똥구멍이 찢어지도록 가난한 사람들에겐 한 끼 번듯한 밥을 사주는 사람보다도 못한 존재일 것이다.

장생 집에서 닭 한 마리와 맛있는 술을 살 돈이면 최소한 며칠은 배불리 먹을 수 있는 곡식 값일 터이다.

도무탄은 장생과 마주 앉아서 닭 요리와 술을 아주 맛나게 먹고 마셨다.

부인은 장생 옆에 앉아서 도무탄에게 까칠한 손으로 공손히 술을 따랐다.

술은 모름지기 노파라도 여자가 따라야 제맛이라고 장생이 시킨 일이다.

도무탄이 하도 닭 요리를 잘 먹는 터에 장생과 부인은 손도 대지 못했다.


도무탄은 장생과 부인을 데리고 회령현에서 가장 번화한 거리로 나섰다.

그는 이들 부부에게 앞으로 고생하지 않고 편하게 먹고 살 만한 기반을 마련해 주려는 것이다.

구태여 그렇게까지 하지 않아도 되지만 수라마룡을 일대 일로 상대하러 가는 길에 뭔가 좋은 일을 하고 싶었다. 그래야 일이 잘 풀릴 것 같은 일종의 자기최면 같은 것이다.

장생과 아기를 안은 부인은 도무탄의 서너 걸음 뒤에서 나란히 그의 뒤를 따르면서 뭔가 불안한 표정이다.

도무탄의 의중을 전혀 모르기 때문에 혹여 자신들이 뭔가 잘못을 해서 그의 심기를 어지럽힌 것이 아닌가 노심초사하고 있는 것이다.

그래도 도무탄이 들을까 봐 무슨 말도 하지 못하고 벙어리 냉가슴만 앓고 있었다.

번화한 거리 양쪽에는 온갖 종류의 점포가 처마를 맞대고 줄지어 늘어서 있으며, 물건을 흥정하고 또 사고파는 사람들로 매우 복잡했다.

이런 번화한 거리를 보면 모든 사람이 다 잘 먹고 잘사는 것 같지만 찢어지게 가난한 장생네하고는 하등의 상관이 없는 광경이다.

이윽고 도무탄이 걸음을 멈춘 곳은 대여섯 명의 손님이 웅성거리고 있는 어느 만두집 앞이다.

도무탄이 보니까 이 만두집은 이 거리에서도 제법 인기가 있는 것 같았다.

또한 만두 냄새가 매우 좋았으며 만두를 사려고 줄을 선 사람들은 군침을 흘리고 있었다.

장생과 부인은 그런 도무탄을 보면서 그가 만두를 사려는 모양이라고 생각할 뿐이다. 어쩌면 만두를 사서 자신들에게 줄지도 모른다는 생각도 해보았다.

한참을 기다려서야 모여 섰던 사람들이 만두를 다 사고 도무탄 차례가 되었다.

"얼마나 드릴깝쇼?"

"이 만두집을 팔게."

"에?"

"얼마면 팔 텐가?"

"에… 에?"

밀가루 범벅인 만두집 주인의 물음에 도무탄은 자다가 남의 다리 긁는 소리를 했다.

만두집 주인은 어리둥절한 표정을 짓더니 웬 정신 나간 놈이 다 있냐는 듯 인상을 쓰며 손을 내저었다.

"우리 점포는 팔지 않소."

"은자 천 냥 주겠다. 지금 당장."

"……."

만두집 주인은 발걸음을 돌려 점포 안으로 들어가려다가 놀라서 뒤돌아보았다.

이 만두집은 아무리 잘 쳐줘도 은자 삼백 냥이면 뒤집어쓰고도 남는다.

만약 도무탄이 은자 오백 냥에 팔라고 말했다면 만두집 주인은 두말없이 당장 팔았을 것이다.

장사로 굴러먹은 도무탄이 이 정도 만두집의 시세를 모를 리가 없다.

장생과 부인은 크게 놀란 얼굴로 도무탄과 만두집 주인의 얼굴을 번갈아 쳐다보았다.

이들은 도무탄이 만두집을 사려는 의도가 자신들에게 주려는 것인 줄 꿈에도 생각하지 못하고 있었다. 원래 소박한 사람들은 욕심을 부리지 않는다.

도무탄은 놀라고 있는 장생과 부인을 가리키며 만두집 주인에게 흥정을 했다.

"이 두 사람에게 자네 만두 만드는 기술을 완벽하게 전수한다는 조건을 포함해서, 어떤가?"

만두집 주인은 도무탄과 장생, 부인을 번갈아서 쳐다보고 나서 다시 도무탄을 쳐다보았다.

은자 천 냥이면 만두집 같은 것은 당장 때려치우고 배를 두드리면서 살 수 있는 거액이다.

"장난 아니오?"

슥—

도무탄은 품속에서 붉은색의 비단 주머니 하나를 꺼내고는 만두집 주인에게 말했다.

"손 벌리게."

"소… 손을?"

만두집 주인이 엉겁결에 두 손을 모아서 벌리고 뻘쭘하게 내밀자 도무탄은 비단 주머니 주둥이를 벌리고는 손바닥에 쏟아 부었다.

쩔그렁… 쩔렁…….

만두집 주인의 두 손에 수북이 쌓이고 있는 것은 번쩍거리는 금화다.

"으으……."

도무탄은 쏟기를 멈추고는 태연하게 비단 주머니 주둥이를 묶으며 턱으로 가리켰다.

"어디 세어보게. 오십 냥일 걸세. 그렇다면 은자로는 천 냥이지."

뼛속까지 장사꾼인 도무탄은 돈 떨어지는 소리만 들어도 몇 냥인지 알 수 있다.

"으으… 이게 정말……."

만두집 주인은 두 손에 수북이 쌓이고 또 바닥에 떨어진 몇 개의 금화를 번갈아 보면서 눈을 화등잔처럼 크게 뜨고 정신을 차리지 못했다.

도무탄이 품속에 담고 다니는 비단 주머니에는 금화가 백 냥씩 들어 있다.

그는 나머지 금화 오십 냥이 든 주머니를 장생 부인에게 건네주면서 미소 지었다.

"이건 여윳돈으로 갖고 있도록 하시오."

"아아……."

부인의 꾀죄죄한 얼굴이 해쓱하게 변하면서 꿈인지 생시

인지 믿지 못하는 표정이 떠올랐고, 장생은 몸을 떨며 그저 눈물만 흘렸다.

도무탄이 금화를 챙기느라 정신없이 분주한 만두집 주인에게 물었다.

"이 점포에 방이 딸려 있소?"

만두집 주인은 금화를 챙기랴 점포 안쪽을 가리키랴 제정신이 아니다.

"이, 있습니다요. 점포 뒤에 안채가 있는데 마당과 방 다섯 개, 창고도 있습죠."

도무탄은 펑펑 울고 있는 장생 부부를 돌아보았다.

"그 정도면 되겠나?"

"아… 아이고……."

장생 부부는 눈물범벅이 되어 대답도 하지 못하고 그 자리에 엎어져 큰절을 올렸다.

"대협… 소인들은… 어흐흑!"

도무탄은 두 사람을 일으켜 주고 빙그레 미소를 지으며 부인의 어깨를 다독거렸다.

"자네 부인의 닭 요리는 일품이었네. 더구나 술은 얼마나 맛있던지……."

"대인……."

부인은 목이 잠겨서 말도 하지 못했다.

도무탄은 장생과 부인의 배웅을 받으면서 파양호 호구로 떠나는 배에 올랐다.

　장생과 부인은 배가 장강 상류 쪽으로 거슬러 올라 조그만 점이 될 때까지도 그 자리를 떠나지 않고 계속 기쁨과 감격의 눈물만 흘리다가 이윽고 배가 보이지 않자 나란히 큰절을 올렸다.

# 第八十五章

무정혈살대(無情血殺隊)

도무탄이 탄 배는 밤이 됐는데도 멈추지 않고 계속 느릿하게 장강을 거슬러 오르고 있다.

　이 배는 강소성의 남경(南京)을 출발하여 호남성의 악양(岳陽)까지 물길로만 장장 오천여 리를 한 번 편도에 두 달 반이 걸려서 왕래하는 정기선(定期船)이다.

　그래서 이 배의 능숙한 뱃사람들은 남경에서 악양까지의 장강 물길은 눈을 감고도 훤하기 때문에 밤에도 운항을 하는 것이다.

　회령현에서 호구까지는 딱 하루 걸리는 물길로 칠십여 리의 그다지 멀지 않은 거리다.

도무탄은 뱃전에 서서 밤바람에 옷자락을 펄럭이며 어두운 강을 응시하고 있다.

그의 머릿속에는 수라마룡을 어떤 방법으로 상대할 것인지에 대한 생각으로 가득 차 있다.

혈혈단신 어린 나이에 해룡방을 이룩했었던 탁월한 두뇌로 이제는 무림의 평화를 위해서 대계(大計)를 짜고 있다.

길이가 이십여 장에 폭이 오 장에 달할 정도로 제법 큰 이 배에는 약 이백오십 명 정도의 많은 승객이 타고 있으며 대부분 장사치거나 여행객, 짧은 거리를 이동하는 지역의 백성이다.

밤이고 강상이지만 아직 늦여름이라서 그다지 춥지 않은 탓에 승객들은 갑판 여기저기 바닥에 모여 앉아서 잠을 자거나 갖고 온 먹을거리들을 펼쳐 놓고 술판을 벌이고 있는 광경이다.

사람들과 뚝 떨어져서 뱃전에 서 있는 사람은 도무탄 혼자뿐이지만 아무도 그에게 신경을 쓰지 않았다. 그는 평범한 여행객 행색이라서 그다지 눈에 띄지 않는다. 또한 그의 뛰어난 용모 역시 캄캄한 밤이라서 사람들의 주의를 끌지 않고 있다.

깊은 생각에 골몰해 있던 그는 문득 뒤쪽에서 조용한 발걸음 소리를 들었다.

하지만 자신하고는 상관이 없을 것이라고 판단하여 개의

치 않고 생각을 이어갔다.

사박사박……

그런데 발걸음 소리가 점점 가까워지고 또 그에게 다가오는 것이 분명했다.

그래도 그는 뒤돌아보지 않고 미동도 하지 않으면서 뒷짐을 진 채 묵묵히 서 있었다.

그가 감지하기로는 다가오는 사람은 두 명, 일남일녀다. 남자와 여자는 호흡과 맥박, 심장박동이 다르다. 또한 일남일녀의 숨소리나 걸음걸이로 미루어 최소한 일상급의 고수가 분명했다.

그렇지만 일상급 고수 백 명이 한꺼번에 공격을 해와도 그의 옷자락조차 건드리지 못한다.

뒤에서 급습하는 것이 아니라 반 자 거리에서 급습을 해도 그를 어쩌지 못할 것이기에 외눈 하나 까딱하지 않고 지켜보았다.

이윽고 다가오던 두 명의 걸음이 도무탄의 등 뒤 서너 걸음 거리에 멈추었다.

그리고는 조용하면서도 가늘게 떨리는 여자의 목소리가 등 뒤에서 전해졌다.

"저… 혹시 도 상공 아니신가요?"

도무탄은 비로소 일남일녀가 자신을 목적으로 다가왔다는

사실을 깨달았다.

그렇지만 처음 듣는 생소한 목소리라서 의아한 마음으로 천천히 뒤돌아섰다.

뱃전을 등지고 선 그의 앞에 나란히 두 손을 앞에 모으고 서 있는 일남일녀는 일상급의 고수이면서도 무림인들이 즐겨 입는 경장이 아니라 평범한 옷을 입었으며 무기도 지니지 않은 모습이다.

도무탄이 잘못 감지했을 리가 없다. 절제된 호흡과 강직한 맥박, 심장박동, 은은히 뿜어내는 기도는 일상급의 그것이 분명하다.

그로 미루어 일남일녀는 정체를 감추어야 하는 처지에 놓여 있는 것이 분명하다.

네모난 얼굴에 까칠한 수염을 기른 사내는 삼십 대 중반으로 보였으며, 한눈에도 굴강하고 용맹한 모습이지만 공손하려고 애쓰는 기색이 역력했다.

처음 보는 일상급의 대단한 고수가 도무탄에게 공손하려 하다니 불가해한 일이다.

그런데 수선화처럼 하얗고 갸름한 얼굴에 반가움과 수줍은 표정을 가득 떠올리고 있는 이십오 세가량의 여자를 보는 순간 도무탄은 뜻밖이라는 표정을 지었다. 뿐만 아니라 반가움이 솟았다.

"너… 명림 아니냐?"

"아아… 도 상공이 맞았군요……. 아까 포구에서 먼발치에서 뵙고는 긴가민가했어요……."

명림은 금방이라도 울음을 터뜨릴 듯한 얼굴로 눈물을 글썽이며 도무탄에게 한 걸음 다가섰다.

그녀는 마치 오랫동안 헤어져 있었던 오라비를 만난 것처럼 반가워하면서 가까이 다가와 손으로 그의 옷자락을 살며시 붙잡았다.

일 년 반쯤 전에 도무탄은 북경성 남쪽 영정하를 건너는 배 위에서 무림추살대의 강원소대 오십 명과 싸우면서 사십구 명만 죽이고 단 한 명을 살려주었는데 그 사람이 바로 아미파 제자인 명림이었다.

그때 명림은 싸우고 싶지 않다는 뜻을 분명히 밝히고 도무탄의 처분만 바랐었다.

도무탄은 그녀를 살려주었을 뿐만 아니라 그녀에게 은자 백 냥이 든 돈주머니를 여비로 주면서 아미파로 돌아가지 말고 제 살길을 찾으라며 떠나보냈었다.

그랬던 그녀를 일 년 반이나 지난 지금, 그것도 이런 배 위에서 조우하게 될 줄이야 짐작조차 하지 못했었다.

그녀의 모습이나 행색으로 미루어 그녀는 그 당시에 아미파로 돌아가지 않은 것이 분명했다.

그녀는 도무탄의 말을 충실하게 따랐다. 그것만으로도 도무탄은 마음이 흐뭇해졌다.

덥석!

"하하하! 명림아! 그동안 잘 있었느냐?"

도무탄은 이곳이 배 위고 주위에 많은 사람이 있다는 것마저 잊은 듯 두 손으로 그녀의 어깨를 잡고 유쾌한 웃음을 터뜨렸다.

"흑흑… 도 상공……."

명림은 반가움에 겨운 나머지 그의 품으로 살포시 안기면서 얼굴을 가슴에 묻으며 울음을 터뜨렸다.

부모의 얼굴도 모른 채 고아로 친척집을 떠돌다가 아미파에 맡겨졌었던 그녀는 피붙이를 재회한 것 같은 기쁨과 흥분을 느꼈다.

"하하하! 가끔 네 생각이 났었다. 어디에서 말썽 피우지 않고 잘살고 있는지 말이다."

도무탄은 자신보다 두어 살은 더 많은 명림을 안고 등을 쓰다듬으며 오빠처럼 껄껄 웃었다.

그녀의 풍만한 젖가슴이 배를 짓눌렀으나 조금도 여자로 느껴지지 않았다.

그런 걸 보면 그는 아무 여자에게나 욕정을 느끼지는 않는 것 같았다.

명림은 도무탄이 너무 반가운 나머지 그의 품에 안겨서 두 팔로 그의 허리를 꼭 안고는 떨어질 줄을 모르고 울음을 그치지 않았다.

도무탄은 그녀의 등을 쓰다듬으면서 옆에 서 있는 사내를 쳐다보았다.

"이 사람은 누구냐?"

사내는 두 손을 앞에 모으고 두 눈과 입가에 부드러운 미소를 짓고 있었다.

하지만 도무탄의 날카로운 눈을 속이지는 못했다. 그는 사내가 공력과 무위를 안으로 갈무리하는 경지에 이르렀으며, 그의 깊이 가라앉은 눈빛과 정적(靜的)인 고요함에서 물씬 짙은 피 냄새를 느꼈다.

그것은 누가 가르쳐 줘서 아는 것이 아니라 본능적으로 감지하는 것이다.

하지만 도무탄은 사내가 비록 질펀한 피의 강을 걸어 다니는 인물이라고 하더라도 자신에게는 악감정을 품고 있지 않음을 깨달았다.

명림은 도무탄의 품에서 벗어나 사내의 옆에 나란히 서더니 그의 소매를 살짝 잡아당겼다.

"어서 인사드리지 않고 뭘 해요?"

명림의 채근을 받은 사내는 머쓱하게 미소를 짓더니 곧 포권을 하면서 깊숙이 허리를 굽혔다.

"말씀 많이 들었습니다. 만나 뵙게 되어 반갑습니다."

삼십 대 중반인 사내는 자신보다 열 살 이상 어린 도무탄에게 깍듯하게 예의를 갖추었다.

명림이 사전에 그에게 예의를 갖추라고 단단히 이른 모양이다. 그렇다면 명림은 그에게 도무탄에 대해서 이미 설명을 해준 것이 분명하다.


명림이 배의 선실 안에서 운영하고 있는 간이 주루에서 몇 가지 요리와 술, 술잔 따위를 서둘러 사 와서 도무탄이 서 있던 뱃전 바닥에 죽 늘어놓으며 수줍게 말했다.

"앉으세요, 도 상공."

"오… 마침 출출하던 차에 잘됐군."

도무탄은 마침 출출하기도 하고 술 생각도 났지만 혼자 먹기가 뭐해서 오늘 밤은 그냥 넘기려고 했었다.

명림은 도무탄이 천하육룡의 하나인 등룡신권이라는 사실을 너무도 잘 알고 있다.

영정하에서 그에게 목숨을 구함받은 후 아미파로 돌아가지 않고 새 삶을 살게 된 그녀는 어디에서나 도무탄에 대한 소문에 귀를 활짝 열고 있었다.

그래서 지금 그녀는 도무탄처럼 어마어마한 인물이 과연

이처럼 조촐한 술상을 더구나 맨바닥에 퍼질러 앉아서 먹으려고 할 것인지 몹시 조마조마했었다.

그런데 그가 흔쾌히 그 자리에 책상다리를 하고 앉는 것을 보고 눈물이 날 정도로 고마웠다.


사내의 이름은 부원(副元)이라고 했다.

명림은 부원이 자신에 대해서는 모르는 것이 하나도 없다고 말했다.

그녀가 무림추살대의 일원으로서 도무탄과 싸우다가 구사일생으로 살아났으며, 그가 여비로 은자 백 냥을 주었다는 사실까지 부원이 알고 있다는 것이다.

명림은 자신이 부원과 어떻게 우연히 만났었는지, 그리고 어쩌다가 기묘한 사랑이 싹터서 마침내 부부지연을 맺게 되었는지에 대해서 소상히 설명을 하면서 행복한 표정으로 말을 맺었다.

"지금 우린 모든 걸 정리하고 이 사람 고향으로 가는 길이에요. 그곳에서 이 사람 부모님과 형제들과 함께 새 삶을 살아갈 거예요."

명림이 크게 들떠서 종알거리는 말을 듣고 도무탄은 크게 기뻐했다.

"정말 잘 생각했다. 둘이 가족을 이루고 부디 행복하기를 빌겠다."

슥—

그는 품속에서 붉은색의 비단 주머니 하나를 꺼내서 명림
에게 주었다.

아까 낮에 만두집을 사고서 남은 금화를 장생 부인에게 주
었던 그것과 같은 비단 주머니다.

그가 북경성을 떠날 때 연지루주인 미림이 금화 백 냥이 담
긴 비단 주머니 세 개와 은자 백 냥이 담긴 주머니 하나를 챙
겨주었었다.

명림은 엉겁결에 비단 주머니를 받고서 의아한 얼굴로 열
어보다가 금화가 가득 들어 있는 것을 보고 크게 놀라 다시
내밀었다.

"받을 수 없어요. 지난번에도 돈을 주셨는데 만날 때마다
주시다니… 게다가 이렇게 큰돈을……."

도무탄은 비단 주머니를 명림의 손에 꼭 쥐어주고 진심으
로 당부했다.

"네가 내게 기별을 하면 너희 둘의 혼인식에 꼭 참석을 하
겠지만 그렇게 될 것 같지는 않다. 그러니까 이것은 내 축의
금이라고 생각해라. 기회는 자주 오는 것이 아니다. 기회가
주어졌을 때 꼭 붙잡고 열심히 행복하게 살아라. 다음 기회라
는 것은 없다고 생각해라."

"도 상공……."

명림은 비단 주머니와 도무탄의 손을 꼭 잡고 뜨거운 감격의 눈물을 흘렸다.

부원은 처음에는 도무탄을 경계하는 기색이 조금 있었으나 시간이 지남에 따라서 그의 진심을 읽고 마음으로부터 그를 좋아하고 또 존경하게 되었다. 그는 사람을 본 것이지 상대가 등룡신권이기 때문에 어떤 선입견 같은 것은 품고 있지 않았었다.

명림이 선실의 간이주루에 서너 번 더 다녀오는 동안 세 사람은 열 병 이상의 술을 마셨다.

"어딜 가시는 길이에요?"

이윽고 명림이 아까부터 궁금하게 여기던 것을 용기를 내서 조심스럽게 물었다.

"수라마룡을 만나러 간다."

그런데 도무탄이 솔직하게 말하자 명림은 소스라치게 놀라고 표정의 변화가 별로 없는 부원마저도 놀라서 눈을 크게 떴다.

"설마… 천하육룡의 그 수라마룡 말인가요?"

"그렇다."

명림은 반사적으로 주위를 둘러보면서 누굴 찾는 듯한 눈빛을 했다.

도무탄이 혼자서 수라마룡을 만나러 가지는 않을 것이라고 생각했기 때문이다.

"나 혼자 간다."

"맙소사……."

그녀는 기겁을 하고는 잠시 후에 마른침을 삼키고 긴장한 얼굴로 조심스럽게 물었다.

"무엇 때문에 수라마룡을 만나러 가는 거예요?"

"왜냐면 말이다."

도무탄은 자신이 수라마룡을 만나러 가는 목적을 솔직하게 설명해 주었다.

절세불련을 괴멸시켜서 무림에 평화를 되찾으려고 하는데 수라마룡이 마도대업이라는 음모를 은밀하게 꾸미고 있다는 정보를 입수하여 그와 담판을 지으러 간다는 사실을 있는 그대로 간략하게 설명했다.

명림은 혼비백산하도록 놀랐고 또 걱정이 태산 같았으나 도무탄을 만류하지는 않았다.

그가 원대한 포부를 품고 수라마룡을 만나서 담판을 지으려고 하는데 그녀가 만류한다고 결심을 바꾸지는 않을 것이라고 생각한 것이다.

하지만 그녀는 자신이 도무탄을 위해서 해줄 것이 하나도 없다는 사실과 그에 대한 걱정 때문에 그때부터는 술도 마시지 않고 줄곧 어두운 표정을 지으며 그의 얼굴에서 시선을 떼지 못했다.

그래서 오히려 도무탄이 명림의 어깨를 두드리면서 빙그레 미소를 지으며 위로했다.

"내게도 다 계획이 있으니까 걱정하지 마라. 내가 설마 아무 생각도 없이 수라마룡을 만나러 가겠느냐? 나도 내 목숨이 소중한 줄은 알고 있다."

"그… 렇죠?"

명림은 물에 빠져서 익사하기 직전에 지푸라기 한 올을 붙잡은 듯한 표정으로 미소를 지으려고 애썼다.

그녀가 그토록 진심으로 걱정을 하고 있다는 것이 전해져서 도무탄은 마음이 흐뭇했다.

"도 대협."

지금까지 벙어리처럼 줄곧 침묵을 지키고 있던 부원이 착 가라앉은 목소리로 도무탄을 부르며 깊은 눈빛으로 그를 응시했다.

도무탄은 부원을 보며 부드러운 미소를 지었다.

"말하시오, 부 형."

그는 서슴없이 호형을 했다.

부원의 표정이 더욱 진지해지고 목소리는 작아졌다.

"한 가지 정보를 알려주겠습니다."

그는 예의바르거나 공손한 것하고는 거리가 먼 삶을 살아
온 거친 사내다.

하지만 명림을 목숨보다 더 사랑하기에 그녀가 존경하는
도무탄에게 최대의 예의를 갖추었다.

그뿐만 아니라 절대로 밝혀서는 안 되는 정보까지도 목숨
을 걸고 말하려 하는 것이다.

"무엇이오?"

그렇게 묻는 도무탄은 부원의 눈빛에 곤혹스러움이 스치
는 것을 발견했다.

"누가 도 대협을 죽이려 합니다."

도무탄은 손을 저으며 낮게 웃었다.

"하하하… 천하에 날 죽이려는 사람이 어디 한둘이겠소?
대충 꼽아도 백 명은 될 것이오."

"웃을 일이 아닙니다."

도무탄은 부원의 얼굴이 단단하게 굳어 있고 진한 염려가
배어 있는 것을 발견하고 웃음을 멈추었다. 그리곤 진중하게
물었다.

"누가 날 죽이려는지 알고 있소?"

"알고 있습니다."

"누구요?"

"무정혈룡입니다."

부원은 짧게 대답했고 순간적으로 도무탄은 자신의 귀를 의심했다.

"천하육룡의 그 무정혈룡이오?"

"그렇습니다."

부원은 무겁게 고개를 끄떡이더니 명림을 쳐다보았다.

예기치 않았던 일에 몹시 크게 놀라고 있던 명림은 부원과 시선이 마주치자 얼굴에서 놀라는 표정을 지우고 진지한 얼굴로 고개를 끄떡였다.

그것은 '당신이 무슨 말을 하더라도 당신에 대한 내 사랑은 변하지 않을 것'이라는 무언의 약속이었다.

부원은 알았다는 듯 묵직하게 고개를 끄떡이면서 술잔을 만지작거리다가 이윽고 도무탄을 똑바로 주시하며 들릴 듯 말 듯한 목소리로 말했다.

"나는 무정살수(無情殺手)였습니다."

"아……."

도무탄은 움찔 놀라는데 외려 명림이 크게 놀라서 낮은 탄성을 흘렸다.

천하육룡 중에 한 사람인 무정혈룡이 거느리고 있는 살수 조직을 무정혈살대(無情血殺隊)라 한다. 그리고 그곳에 속한 살수들을 무정살수라고 부른다는 사실을 무림인이라면 모르는 사람이 없다.

"나는 보름 전에 주군께 고향으로 가서 은거하겠다는 말씀을 드리고 무정혈살대를 떠났습니다."

주군이라 하는 것은 무정혈살대 대주(隊主)인 무정혈룡을 가리키는 것이다.

도무탄은 무정혈룡이 자신을 죽이려고 한다는 사실에 적잖이 놀라서 잠시 머리가 멍했다.

그리고는 무정혈룡이 살수라는 사실에 생각이 미치자 과연 누가 그에게 자신을 죽여달라고 청부했는지 궁금해졌다. 짐작이 가는 사람이 없지는 않지만 정확하게 알고 싶었다.

불과 보름 전까지 무정살수였다던 부원이 잘못 알고 있거나 거짓말을 할 리가 없다.

그렇지만 도무탄은 호들갑스럽게 굴지 않고 조용한 어조로 부원에게 물었다.

"무정살수가 무정혈살대를 떠나겠다고 하면 곱게 보내주는 것이오?"

도무탄은 자신의 안위보다는 부원과 명림이 무정혈살대에게 해코지를 당하지 않을지 그걸 염려했다.

그는 무림 최고의 살수 조직으로 정평이 난 무정혈살대가 설마 떠나겠다는 살수를 순순히 보내준다는 사실이 선뜻 믿어지지 않았다.

"평소에 무정살수들은 무정혈살대가 위치해 있는 곳 백여 리 이내에서 자유롭게 거주할 수 있으며, 무정살수 개인이 매월 녹봉으로 받는 돈이 최하 은자 만 냥이므로 남부럽지 않은 풍족한 삶을 살고 있습니다."

명림은 아무 말도 하지 않지만 무척 놀란 듯 눈을 커다랗게 뜨고 부원을 말끄러미 바라보았다.

조금 전에 명림의 허락을 받고 말을 하기 시작한 부원은 이후 그녀 쪽을 한 번도 쳐다보지 않고 도무탄만을 주시하면서 말을 이어갔다.

"무정혈살대를 떠나는 사람은 오로지 한 가지 규칙만 지키면 됩니다. 무정혈살대에 대해서는 일체 발설하지 않는다는 규칙입니다."

"규칙을 어기면 어찌 되오?"

도무탄의 물음에 부원은 금세 대답하지 않고 잠시 가만히 있다가 이윽고 건조한 목소리로 대답했다.

"무정혈살대에게 추격을 당하게 됩니다."

도무탄은 짐작했다는 듯 신음을 흘렸다.

"음. 배신이라 여기고 죽이는 것이로군."

"그렇습니다."

"원 가가……."

명림은 흔들리는 눈빛으로 부원을 바라보았다. 그가 죽음을 무릅쓰고 이런 중요한 정보를 도무탄에게 말해주는 것이 염려스럽기도 하고 진심으로 고맙기도 했다.

부원은 손을 뻗어 명림의 손을 가만히 잡고는 엷은 미소를 지었다.

"무정혈살대를 탈퇴하면 그동안 자신이 모아두었던 돈과 주군께서 하사하는 전별금으로 은자 백만 냥을 갖고 떠날 수 있어."

"그 돈을 가져왔나요?"

명림은 깜짝 놀랐다.

"그 돈은 사람을 죽이면서 번 돈이야. 그래서 각전 한 푼도 갖고 오지 않았다. 명림과 새로운 생활을 시작하는데 피 묻은 돈으로 시작할 수는 없지 않겠나?"

"원 가가……."

명림은 크게 감격하여 눈물을 흘리면서 그의 어깨에 뺨을 기댔다.

부원은 그런 그녀를 힘주어 안으면서 입가에 훈훈한 미소를 떠올렸다.

그는 자신이 정말 여자를 잘 만났다는, 그래서 그녀를 위해서라면 목숨도 아깝지 않다는 생각을 했다.

도무탄은 엄숙한 표정을 지었다.

"이런 얘기인 줄 눈치라도 챘었다면 절대로 들으려 하지 않았을 것이오."

아무리 중요한 정보라고 해도 명림과 부원의 행복을 짓밟는 일이기 때문이다.

부원은 보일 듯 말 듯 흐릿하게 미소 지었다.

"여긴 배 위니까 우리 대화를 들은 사람은 아무도 없을 것입니다. 걱정하지 마십시오."

도무탄은 부원의 그 말이 그 자신을 안심시키려고 위로하는 것처럼 들렸다.

도무탄은 진심으로 고마워했다.

"부 형에게 큰 은혜를 입었소. 앞으로 철저하게 암습에 대비하겠소."

부원은 고개를 가로저었다.

"무정살수를 상대할 때에는 대비라고 하는 것이 별 소용이 없습니다."

"누가 날 죽이려고 하는지 알고서 미리 대비하는데도 소용이 없다는 말이오?"

"소나기가 쏟아지면 피할 수 있습니까?"

도무탄은 그가 무슨 비유를 하는 것인지 짐작하고 고개를 가로저었다.

"잠시 동안이라면 모르지만 계속 피하고 있을 수는 없을 것이오."

"어둠이 몰려오는데 그걸 피할 수 있습니까?"

도무탄은 부원의 비유가 지나치다는 생각이 들었으나 내색하지 않고 고개를 가로저었다.

"어둠을 피할 수 있는 사람은 아무도 없소."

"무정살수의 암습이 그와 같습니다."

부원은 무정혈살대를 떠났으나 그들의 실력에 대한 자부심은 대단한 것 같았다.

도무탄은 문득 한 사람이 생각났다.

"독보창룡은 어떻소?"

무정혈룡의 표적이 되고서도 장장 사 년 동안이나 살아남아서 끄떡없이 활보하고 있는 천하육룡의 일인이 바로 독보창룡이다.

부원은 가볍게 고개를 끄떡였다.

"독보창룡은 예외입니다. 그는 주군과 무정혈살대가 죽이지 못하고 있는 유일한 인물입니다."

그는 적잖이 감탄하는 표정을 지었다.

"무정혈살대에는 독보창룡만을 죽이기 위한 전담 부서가 따로 있을 정도입니다."

도무탄은 고개를 끄떡였다.

"그 소문을 듣고 난 이후 나는 독보창룡을 한 번 꼭 만나고 싶었소. 부 형은 그를 직접 본 적이 있소?"

"아쉽게도 나는 그런 기회가 없었습니다."

부원은 머릿속으로 자신이 알고 있는 정보들을 정리하고 나서 조용한 어조로 말했다.

"독보창룡이 아직까지 살아 있는 이유가 무엇이라고 생각하십니까?"

도무탄은 잠시 생각하고 나서 대답했다.

"독보창룡이 무정혈살대에 대해서 너무 많은 것을 알게 된 것이 아니오?"

"그렇습니다."

부원은 설마 도무탄이 단번에 정확하게 맞출 것이라고는 예상하지 않았기에 적잖이 놀라는 표정을 지었다.

지금까지 무정살수가 아닌 사람으로서 그 이유를 단번에 알아맞힌 사람은 부원의 아는 바로는 한 명도 없었다.

그래서 부원은 지금부터 자신이 해주려는 일이 도무탄에게 적잖은 도움이 될 수 있을 것이라고 확신했다.

"사 년 전에 독보창룡을 죽여달라는 청부를 받았을 때 그는 십팔 세였으며 독보객이라는 별호를 얻은 지 일 년쯤 지났을 무렵이었습니다."

도무탄은 명림이 따라주는 술을 천천히 마시면서 부원의 설명에 귀를 기울였다.

독보객은 그 당시에 이미 누군가에게 끈질기게 추격을 당하고 있었으며, 무정혈살대가 청부를 받은 후로는 오직 무정혈살대만 그를 추격했었다.

그것은 예전부터 그를 추격하던 자들이 무정혈살대에 청부를 했다는 뜻이다.

독보객의 무공은 어딘가 어설픈 것 같았으나 이미 그 당시에 일상급 이상의 수준이었다.

아마도 오랫동안 쫓기는 과정에서 빠른 속도로 점점 강해진 것 같았다.

그런데 무정혈살대가 분석한 그의 무공은 놀랍게도 황궁무공이었다.

대명황실의 황족만이 연마할 수 있다는 황궁무공을 그는 조금씩 그리고 빠르게 습득해 나갔다. 머릿속으로만 외우고 있었던 무공을 실제로 배워 나간 것이다.

처음에 무정혈살대는 오급(五級) 중에서 사급(四級) 무정살수 다섯 명으로 독보객을 죽이려고 했으나 다섯 명 중에 세 명이 죽고 보름 만에 실패하고 말았다.

이후 무정혈살대는 더 상급의 무정살수를 더 많이 보냈으나 보내는 족족 실패를 거듭했다.

반면에 독보객은 매번 극심한 중상을 입으며 구사일생으로 살아나는 과정을 수십 차례나 겪으면서 점점 더 빠르게 고강해졌다.

그리고 이 년이 지났을 때에는 독보창룡이라는 별호를 얻어 천하사룡의 반열에 오르는 기염을 토했다.

무정혈살대는 마침내 대주이며 천하사룡의 한 명인 무정혈룡이 직접 나서게 되었다.

처음에 무정혈룡에게 걸린 독보창룡은 꼼짝없이 죽음을 당할 수밖에 없었다.

그 당시에 무정혈룡과 그곳에 있었던 무정살수들은 하나같이 독보창룡이 죽었다고 믿었다.

극심한 중상을 입은 상태에서 천 길 낭떠러지 아래로 추락했기 때문이었다.

그러나 독보창룡은 불사조처럼 되살아났으며 다시 만났을 때에는 예전보다 훨씬 고강해져 있었다.

이후 무정혈룡은 독보창룡과 세 차례 더 마주쳐서 일대일로 싸웠으나 승부를 내지 못했다.

엄밀하게 실력을 논한다면 무정혈룡이 한 수 정도 우위에 있지만, 독보창룡은 타의 추종을 불허할 정도로 뛰어난 두뇌의 소유자였으며, 또한 매번 운이 좋아서 극적으로 목숨을 건져 도주에 성공했었다.

"지금까지 주군과 독보창룡은 도합 네 차례 싸웠으나 모두 그를 죽이지 못했습니다."

부원은 독보창룡이 경이롭다는 듯한 표정으로 고개를 절

레절레 가로저었다.

"지금은 주군과 독보창룡이 정식으로 일대일 대결을 펼친다고 해도 누가 이길지 모를 정도가 됐습니다. 그 정도로 독보창룡이 고강해진 것입니다."

"음. 굉장하군."

도무탄은 무인으로서 그리고 인간으로서 독보창룡에게 무한한 존경심을 느꼈다.

"내가 봤을 때 대협께선 지금 상황에서 무정살수들의 공격을 받는다면 그다지 오래 버티지 못할 것 같습니다."

무정혈살대의 전율할 정도로 완벽한 살인수법에 대해서 여러 차례 들은 적이 있는 도무탄은 부원의 말에 반박할 수가 없었다.

부원은 자세를 바로 하고 똑바로 도무탄을 응시했다.

"대협께서 괜찮으시다면 이제부터 내가 어디 은밀한 곳에서 무정혈살대의 살인수법에 대해서 몇 가지 가르쳐 드리고 싶습니다."

도무탄은 부원보다 더 단정한 자세를 취하고 깊숙이 고개를 숙였다.

"부디 가르쳐 주시오."

# 第八十六章

우란화(尤蘭花)

등룡기

회령포구에서 배를 탔던 도무탄은 다음 날 아침 배의 첫 번째 기착지인 동류현(東流縣)이라는 곳에서 명림, 부원과 함께 내렸다.

   동류현은 저 유명한 구화산(九華山)의 북서쪽 기슭 끄트머리에 위치해 있다.

   세 사람은 동류현에서 산중 생활에 필요한 몇 가지 물건을 구입한 후에 구화산으로 깊숙이 들어갔다.


                    *        *        *

석 달 후. 가을도 저물어가고 있는 석양 무렵에 파양호의 북쪽 장강과 합류하는 지점의 호구포구에 남경을 출발한 정기선 한 척이 접안했다.

배에서는 이십여 명이 내렸는데 다들 평범한 장사꾼이나 여행객이었다.

그중에서 손에는 부채 하나를 쥐고 괴나리봇짐을 멘 삼십 대 초반의 서생 차림의 남자와 장사꾼 행색의 남자, 그리고 배가 불룩 솟은 임산부 한 명, 이렇게 세 사람이 근처의 가까운 주루로 들어섰다.

서생과 장사꾼과 임산부라는 조합은 어딘지 어울릴 것 같지 않게 보였지만 이들은 일행이었다.

하지만 그들 중에 한 사람이 천하육룡의 한 명인 등룡신권이고, 또 한 명은 무림을 공포에 떨게 만드는 무정살수이며, 그리고 배가 불룩한 임산부가 과거 무림추살대로 천하를 누볐던 아미파 제자였다는 사실을 짐작이라도 하는 사람은 아무도 없었다.

세 사람이 주루에 들어섰지만 반쯤 자리를 차지하고 앉은 손님들은 그들에게 아무도 시선을 주지 않았다.

코 밑과 입 주위에 짧은 수염을 길렀으며 턱에도 손가락 하나 길이의 점잖은 수염을 기른 영락없는 시골 서생 모습의 도

무탄이 구석 자리에 앉자 맞은편에 부원과 명림이 나란히 앉
았다.

작은 포구의 주루 요리가 거의 다 그렇듯이 그다지 맛있어
보이지 않는 몇 가지 요리가 나오자마자 세 사람은 약속이나
한 것처럼 걸신들린 듯이 젓가락을 집어 들고 요리에 달려들
었다.

지난 석 달 동안 구화산 깊은 곳에서 생활하면서 음식다운
음식을 변변하게 먹어본 적이 없었던 터라서 이런 시골구석
의 형편없는 요리라고 할지라도 이들에게는 천하진미나 다를
바가 없었다.

더구나 기껏 좋은 재료를 구해서 갖다 주어도 기필코 요리
를 다 망쳐 놓고 마는 명림의 형편없는 요리 솜씨를 석 달이
나 견뎠었다.

그랬기에 이제는 그녀가 만든 요리만 아니면 아무 것이나
다 잘 먹을 수 있는 식성이 되었다.

세 사람은 십 인분쯤의 요리를 게걸스럽게 다 먹을 때까지
어느 누구 하나 입을 열지 않았다.

"꺼윽……! 장사를 해라. 알았지?"

배가 터지도록 먹고 나서야 도무탄은 거센 트림을 하고 나
서 이빨을 쑤시며 명림에게 당부했다.

"알았어요, 오라버니."

지난 석 달 동안 이들 세 사람에겐 많은 변화가 있었다. 그 중에서도 괄목할 만한 일이 서로의 관계가 새롭게 정립이 되어 호칭이 바뀌었다는 사실이다.

일단 명림은 도무탄보다 두 살이 많은데도 불구하고 그를 오라버니로 모시기로 했다. 도무탄은 그녀의 오라버니로서 부족함이 없다.

"남의 이목을 속이고 속 편하게 지낼 수 있는 것은 뭐니 뭐니 해도 장사가 최고다."

부원이 불룩해진 배를 쓰다듬으면서 물었다.

"어디가 좋겠나?"

부원의 나이는 삼십사 세로 도무탄보다 열두 살이나 많지만 두 사람은 친구가 되자고 합의를 봤었다. 구화산에서의 석 달 동안 두 사람은 막역한 사이가 되었다.

"물론 악양이지."

도무탄은 물을 것도 없다는 듯 손을 내저었다.

부원의 고향은 동정호로 흘러드는 강 중에서 제일 큰 강인 상수(湘水)의 상류 송백(松栢)이라는 작은 마을에서도 산길로 삼십여 리쯤 더 들어가는 산골이라고 했다. 그의 부모와 형제들은 그곳에서 화전을 일구거나 약초를 캐고 사냥을 해서 먹고산다.

호남성에서 가장 큰 도읍은 악양이다. 인구가 백만이나 되기 때문에 그곳에 명림과 부원이 터를 잡아 거리의 사람들하고 동화(同化)를 해버리면 제아무리 무정혈살대라고 해도 절대로 찾아내지 못할 터이다.

부원의 고향인 송백에서 악양까지는 칠백여 리의 먼 거리라고 해도 같은 호남성이기에 말투나 습성이 비슷해서 가족들이 생활에 불편함을 느끼지는 않을 터이다.

부원은 이미 무정혈살대의 가장 중대한 규칙을 어겼다. 무정혈살대가 도무탄을 표적으로 삼았다는 사실을 발설한 것이 그것이다.

그런데 그것뿐만이 아니다. 부원은 무정혈살대에게 등룡신권을 죽여달라고 요구한 청부자가 절세불룡 영능이라는 것과 청부액이 무려 황금 일만 근(6,000㎏)이라는 거액이었다는 사실까지도 죄다 말해주었으니 이젠 빼지도 박지도 못하는 신세다.

그게 다가 아니다. 부원은 지난 석 달 동안 구화산 깊은 곳에서 자신이 알고 있는 무정혈살대의 거의 모든 수법을 도무탄에게 전수해 주었다.

부원이 십여 년 넘게 배우고 갈고닦은 살수 수법을 어떻게 석 달 만에 다 배울 수 있겠느냐고 묻는다면 그야말로 어리석은 질문이다.

살수 수법을 배우는 사람이 귀재 도무탄이라는 사실을 간

과한 것이다.

처음에 부원은 무정혈살대의 수법 중에서 가장 중요한 몇 가지만 가르쳐 주려고 마음먹었었다. 알고 있는 수법을 다 가르치려면 몇 년이 소요될 것이기 때문에 중요한 몇 가지만 가르치려는 것이었다.

그런데 일문지십(一聞知十), 하나를 가르쳐 주면 열을 깨달아 버리는 도무탄인지라 부원은 감탄에 감탄을 거듭하면서 불과 석 달 만에 자신이 알고 있는 모든 것을 다 가르쳤던 것이다.

아니, 실제로 다 가르친 기간은 두 달이고 나머지 한 달은 전체 복습을 했다.

일이 이 지경이 되었으니 부원은 무정혈살대를 배신한 정도가 아니라 아예 무정혈살대에 칼을 겨누었다고 해도 틀린 말이 아니다.

등룡신권쯤 되는 초절고수에게 무정혈살대의 살수 수법을 모조리 가르쳤으니 그것은 등룡에게 날개를 달아준 것이나 진배가 없다.

부원은 도무탄을 가르치는 과정에서 경이로운 상황을 수백 번도 더 맞이했다.

똑같은 수법인데도 그리고 자신은 십오 년 넘게 그 수법을 연마하고 또 실전에서 사용했었는데도, 도대체 어떻게 자신에게서 전개되는 것보다 이제 막 배운 도무탄이 전개하는 것이 몇 배나 더 위력적일 수 있는 것인지 실로 불가해한 일이었다.

그러므로 부원이 무정혈살대의 비밀을 폭로한 것이 발각되지 않는다고 해도, 나중에 도무탄이 무정살수들의 공격을 받았을 때 그들의 수법을 사용하게 되면 부원의 배신이 자연히 드러나게 돼 있다.

무정혈살대는 부원의 고향이 어디라는 것을 알고 있기 때문에 그는 고향으로 돌아가면 안 된다.

그래서 도무탄이 제안한 방법이 악양에서 새 터전을 잡으라는 것이다.

해룡방 내방주 백선인에게는 도무탄이 이미 전서구를 보내서 이쪽의 사정을 자세히 설명해 주었다.

이번 기회에 해룡방은 강남땅에도 진출하여 악양을 기점으로 무창까지 상권을 넓힐 수 있을 터이다.

해룡방이 하려고 작정하면 명림과 부원, 그리고 그의 가족들 신분을 완전히 다른 것으로 바꾸는 것쯤은 식은 죽 먹기보다도 쉽다.

"자네들이 고향에 가서 가족들을 모두 데리고 악양에 도착할 때쯤이면 우리 쪽 사람이 그곳에 웬만한 기반을 마련해 놓고서 기다리고 있을 거야. 그럼 자네들은 그가 시키는 대로 하면 되네."

"정말 고맙네."

도무탄이 자세히 설명을 하자 부원은 진심 어린 표정으로 고개를 숙였다.

도무탄은 손을 저었다.

"무슨 소린가? 나 때문에 자네들이 큰 곤경에 처했는데 은혜를 갚으려면 아직 멀었네."

도무탄은 부원과 명림이 말하려는 것을 손을 들어서 제지하고 창밖을 내다보았다.

저 멀리 포구에 접안해 있는 악양행 정기선에서 뱃사람들이 큰 소리로 외치고 있는 모습이 보였다.

정기선은 중간에 들르는 포구마다 반 시진 정도의 여유를 주어 승객들이 요기를 하거나 다른 볼일을 볼 수 있도록 편의를 제공하고 있다.

"곧 배가 출발할 테니 서두르게."

이제는 헤어져야 한다는 사실에 명림과 부원의 얼굴에 진한 아쉬움이 떠올랐다.

"오라버니, 언제 다시 만날 수 있을까요?"

도무탄은 환하게 미소 지었다.

"너희가 악양에서 해룡방의 일을 별 탈 없이 하고 있으면 그것이 나하고 연결된 끈이라고 생각해라. 그것만 있으면 언제든지 다시 만날 수 있을 것이다. 아니면 너희를 아예 북경성에 살게 할까?"

그의 뜻밖의 제의에 명림과 부원은 귀가 솔깃하여 서로의 얼굴을 마주 쳐다보았다.

그러나 부원은 곧 빙그레 미소 지으며 자신의 의지에 대해서 설명했다.

"갑자기 일만 리 이상 먼 곳으로 이주를 하는 것은 부모님과 가족들에게 좋지 않은 것 같네."

"그렇겠군."

"앞으로 나는 악양에서 해룡방의 일원으로 열심히 살아갈 생각이네."

십오 년 이상 무정살수로 피를 튀기며 살았던 부원의 새로운 도전이다.

척!

"좋아. 그렇다면 장차 해룡방 악양지부를 자네에게 맡기도록 하겠네."

도무탄이 지켜보는 가운데 정기선은 포구에서 강상으로 스르르 미끄러져 나갔다.

뱃전에 나란히 서 있는 명림과 부원은 포구에 서 있는 도무탄을 향해 손을 흔들었다.

명림은 마주 손을 흔들고 있는 도무탄의 모습이 점점 작아지는 것을 바라보면서 눈물을 흘렸다.

"벌써부터 오라버니가 그리워지려고 해요."

부원은 팔로 그녀의 어깨를 감싸고 도무탄에게서 시선을 떼지 않았다.

"방금 도 형이 전음을 보냈어."

"네? 오라버니가 뭐라고 하셨죠?"

"당신을 사랑한대."

이렇게 백여 장 이상 먼 거리로 전음입밀을 보내는 것이나 받는 것은 도무탄과 부원 정도만 가능하다.

명림은 왈칵 울음을 터뜨리더니 두 손을 동그랗게 모아 입에 대고 도무탄을 향해 큰 소리로 외쳤다.

"오라버니! 사랑해요!"

\* \* \*

파양호의 동쪽에는 강서성에서 남창성(南昌城) 다음으로 큰 파양현(鄱陽縣)이 자리를 잡고 있다.

북쪽의 구화산에서 발원한 창강(昌江)과 동쪽의 회옥산(懷玉山)에서 흘러내리는 낙안하(樂安河), 남쪽의 무이산(武夷山)에서 시작된 신강(信江). 이 세 개의 강이 한 줄기로 합쳐졌다가 파양현을 지나서 파양호로 흘러든다.

파양현에도 개방의 분타, 즉 파양분타가 있다. 이곳이 제아무리 마도의 심장부라고 해도 천하에서 개방이 촉수를 뻗치지 못할 곳은 없는 것 같았다.

도무탄은 장강과 파양호가 만나는 지점인 호구에서 배를 타고 사흘이 지나서야 파양현에 도착했다.

회령현에서 호구까지가 기껏 하루 뱃길인데 그 세 배가 걸린 셈이다.

그것만 봐도 파양호가 얼마나 거대한 호수인지 잘 알 수가 있을 터이다.

그가 파양포구에서 배에서 내려 강변을 걸어오는 동안 석양이 깔리기 시작했다.

그는 제일 먼저 개방 제자하고 만날 장소를 찾아보기로 했다. 이곳 지리를 전혀 모르는 상황에서 개방 파양분타를 직접 찾아다니는 것보다는 안전한 장소로 개방 제자를 부르는 편이 편리할 것이다.

파양현은 그가 예상했던 것보다 훨씬 더 크고 번화했다. 파양호 호수 변과 강 양쪽을 따라서 높고 큰 고루거각(高樓巨閣)이 길게 늘어섰으며, 그것들은 거의 대부분 기루나 주루들이었다.

'해룡방을 여기에도 진출시킬까?'

배에서 내려 잘 정돈된 깨끗한 강변길을 따라서 한가롭게 걸으며 길가에 처마를 맞대고 늘어선 최고 구 층, 평균 오륙 층 높이의 으리으리하고 화려한 기루들을 보면서 그런 생각이 문득 들었다.

어딜 가나 뼛속까지 장사꾼 기질이 박혀 있는 습성을 버릴 수가 없는 모양이다.

도무탄은 파양현에 마도의 심장부인 수라전이 있어서 분위기가 꽤나 마도적이지 않을까 예상했었는데 전혀 그런 기운은 느껴지지 않았다.

중원의 어떤 번화한 거리에서도 흔하게 볼 수 있는 그런 일상적인 풍경이 펼쳐져 있었다.

그는 강변 쪽 큰 나무 옆으로 가서 나무에 기대서 기루들을 죽 훑어보면서 나무에 손을 대고 손톱으로 약간의 흔적을 남겼다.

그 흔적은 노부(路符)라는 것인데 개방 제자들만 알아볼 수 있으며 다른 사람이 보면 그냥 나무를 아무렇게나 긁은 것처럼 보일 뿐이다.

노부를 남긴 후에 그는 전면에 보이는 기루를 향해서 똑바로 걸어갔다.


적화루(寂花樓)라는 특이한 이름의 기루는 강변의 기루 중에서도 가장 크고 높으며 웅장했다. 규모 면에서는 단연 파양현 기루 중에서 최고였다.

고요할 '적'에 꽃 '화', '적화'는 '고요한 꽃'이라는 어떻게 보면 말이 안 되는 뜻을 지니고 있다.

꽃이란 본디 아름다움의 상징이어서 온갖 미사여구를 다 갖다 붙이는 법인데 고요한 꽃이라니, 도무탄은 그 유래가 자못 궁금해졌다.

적화루에서는 손님을 총 세 등급, 즉 상중하의 삼급으로 분류해서 받으며 도무탄은 그중 최하급인 하급의 기방(妓房)에 들었다.

물론 등급을 정하는 기준은 돈이다. 돈을 많이 쓰는 손님은 상급이고 돈을 적게 쓰면 하급이라는 식이다.

그가 이곳에서 은자 닷 냥을 쓰겠다고 말하니까 하급으로 안내를 했다.

석 냥은 술값이고 두 냥은 두 명의 기녀에게 주는 화대(花代)라고 했다.

만약 기녀와 동침을 하게 될 경우에는 별도의 추가적인 화대를 내야 한다.

상급은 은자 백 냥 이상을 써야 한다고 그를 안내한 하녀가 슬쩍 귀띔을 해주었다.

그는 술을 시켜놓고 의심을 받지 않기 위해서 기녀 한 명과 함께 쓸데없는 농담을 나누면서 유유자적 술을 마셨다. 그러기를 반 시진쯤 지났을 때 하녀가 장한 한 명을 데리고 방으로 들어왔다.

"야아! 이거 도 형께서 파양현까지 웬일이시오?"

깨끗한 황의 단삼을 입은 점잖은 용모에 제법 준수하게 생긴 삼십 대 후반의 장한은 들어서면서 도무탄을 향해 환하게 웃으며 아는 체를 했다. 물론 도무탄으로서는 처음 보는 사람이다.

도무탄이 강변 나무에 표식을 해놓은 노부를 발견하고 온 개방 제자가 분명했다. 그러니까 도무탄의 성을 미리 알고 '도 형'이라고 부른 것일 게다.

하지만 불과 반 시진 만에 노부를 발견하고 여기까지 오다니 그가 예상했던 것보다 훨씬 빨랐다.

장한은 다가오면서 재빨리 전음을 보냈다.

[대협, 저는 개방 파양분타 외방분타주인 당무기(唐武氣)라고 합니다.]

개방의 분타에는 보통 총분타주와 그 아래 내방분타주, 외방분타주가 있다.

"하하하! 어서 오시오, 당(唐) 형. 먼저 와서 한잔하고 있었소."

도무탄은 옆에 앉아서 시중을 들고 있는 기녀의 펑퍼짐한 둔부를 두드렸다.

"냉큼 가서 기녀 하나 더 불러오너라."

"아잉… 알았어요."

기녀는 곱게 눈을 흘기고 일어나 풍만한 둔부를 살랑살랑 흔들면서 방을 나갔다.

도무탄은 당무기가 다시 격식을 차려 인사하려는 것을 손을 저어 만류하고 자리에 앉게 했다.

[현재 수라마룡은 수라전에 없는 것 같습니다.]

도무탄이 무엇 때문에 이곳에 왔는지 알고 있는 당무기는 전음으로 본론부터 꺼냈다.

[수라마룡은 원래 분주하게 돌아다니는 편이라서 수라전에 붙어 있는 경우가 거의 없습니다.]

도무탄은 이곳에 오면 수라마룡이 당연히 있을 것이라고만 생각했었기 때문에 씁쓸한 표정을 지었다.

[그는 언제 돌아오나?]

[그건 모르겠습니다. 상대가 수라마룡이기 때문에 미행을 붙일 수도 없는 상황이라서…….]

수라마룡에게 미행을 붙이는 일은 명부(冥府)에 이름을 올리는 것이나 다름이 없는 일이다. 일찍 죽고 싶으면 무슨 짓을 못하겠는가.

당무기는 수라전과 수라마룡에 대해서 몇 가지를 더 말했으나 그다지 중요한 것은 아니었다. 말을 마친 후에 그는 고개를 숙여 보였다.

[이곳에 계시는 동안 제가 대협을 측근에서 모시겠습니다. 하명하실 일이 있으면서 언제든지 말씀하십시오.]

도무탄은 고개를 끄떡였다.

[잘 부탁하네.]

그러고 나서 그는 생각난 듯 물었다.

[그런데 이 기루 이름이 어째서 적화루인가?]

[루주가 벙어리이기 때문입니다.]

[아…….]

[이 기루는 원래 다른 이름이었는데 지금의 루주가 어린 동기(童妓)로 이곳에 온 이후 크게 번창하고 인기를 끌어 굉장한 돈을 벌어들였기에 이 층이었던 기루를 지금의 구 층으로 증축했으며 그녀를 루주로 앉히면서 기루 이름도 적화루라고 바꿨습니다.]

도무탄은 턱을 주억거렸다. 당무기의 설명을 들으니까 이제야 기루 이름을 '적화', 고요한 꽃이라고 한 이유를 알게 되었다.

루주가 벙어리면서도 꽃처럼 아름답다는 뜻에서 그런 이름을 지었을 것이다.

[적화는 기루 방면, 즉 기계(妓界)에서는 천하제일기(天下第

一妓)로 이름을 날리고 있습니다.]

[천하제일기? 그런 것도 있었나?]

해룡방에서는 기루를 수백 개나 운영하고 있지만 도무탄은 그런 게 있다는 말은 들어본 적이 없었다.

[기루를 즐겨 찾는 풍류객(風流客)들이 재미 삼아서 천하십기(天下十妓)라는 등급을 매겼는데 그중에 제일기가 적화라는 것입니다.]

도무탄은 은근히 궁금해졌다.

[천하십기의 제일기 외에 다른 기녀들도 알고 있소?]

[말씀드리겠습니다.]

흥미로운 것은 당무기가 말한 천하십기 중에서 해룡방이 운영하는 기루에 속한 루주나 기녀가 여섯 명이나 포함됐다는 사실이다.

[들리는 풍문에 의하면, 적화가 어렸을 때 열병을 몹시 앓고 나서 말을 못하게 되었답니다.]

당무기는 다시 적화 얘기로 돌아갔다. 도무탄이 적화에게 관심이 있다고 생각했기 때문이다.

사실 아는 사람들 사이에서는 도무탄이 대단한 바람둥이라고 소문이 나 있는 상황이다.

그래서 당무기는 그가 적화를 마음에 두고 있는 것이 아닌가 짐작했다.

영웅은 호색이라는데, 등룡신권쯤 되는 엄청난 인물이 적화 정도 되는 절세가인을 원하는 것은 이상한 일이 아니다.

[흠⋯⋯.]

또한 당무기는 도무탄이 해룡방주라는 사실을 알고 있으며 또 그가 기루에 큰 관심이 있다고 짐작하고는 열심히 설명을 이었다.

[파양현 호수 변과 이곳 강변에는 도합 오십여 개의 기루가 있는데 그중 적화루가 단연 으뜸입니다.]

당무기는 전음을 하면서도 누가 들을세라 몸을 도무탄에게 가까이 붙이면서 목소리를 낮추었다.

[본 방에서 알아낸 사실이 몇 개 있습니다만⋯⋯.]

[뭔가?]

도무탄은 술잔을 기울이면서 느긋한 태도를 취했다.

[사실 적화라는 아호는 기계에서 얻은 것이고 그녀는 또 다른 신분을 갖고 있습니다.]

[두 개의 신분이라는 건가?]

[그렇습니다.]

당무기는 자신이 이제 곧 말하게 될 내용을 듣고 도무탄이 놀라는 표정을 지을 것을 예상하는지 자못 흥미진진한 얼굴로 말을 이었다.

[도 대협께선 우란화(尤蘭花)라는 아호를 들어보신 적이 계

십니까?]

도무탄은 크게 흥미가 동해서 고개를 끄떡였다.

[천하이미 혹은 무림쌍화라고도 불리는 절세미녀의 한 명이 아닌가?]

[그렇습니다.]

천하이미의 한 명은 도무탄의 아내나 다름이 없는 천상옥화 독고지연이니 그가 다른 한 사람인 우란화라는 아호를 듣지 못했을 리가 없다.

[적화가 바로 우란화입니다.]

[오…….]

당무기가 기대했던 대로 도무탄은 적잖이 놀라서 뜻 모를 탄성을 흘렸다.

도무탄은 설마 적화가 우란화일 줄은 꿈에도 생각하지 못했었다.

파양현이 비록 크고 번화하기는 하지만 이름난 도성이나 도읍도 아니고 그저 시골구석을 겨우 벗어난 여느 현에 비해서 번창할 뿐이다.

그런데 이런 곳에 천하이미의 한 명인 우란화가 있었다니 정말 예상하지 못했던 일이다.

그때 조금 전에 나갔던 기녀가 다른 기녀를 데리고 궁둥이를 좌우로 살랑살랑 흔들면서 들어오는 바람에 대화가 끊어졌다.

"호호홍! 많이 기다리셨지요? 예쁜 아이를 고르느라 늦고
말았어요."

도무탄과 당무기, 그리고 두 명의 기녀는 그로부터 한 시진
동안 먹고 마시면서 보통 손님들이 노는 것처럼 즐겁게 시간
을 보냈다.

하지만 틈틈이 전음으로 대화를 나누면서 수라전과 수라
마룡에 대한 정보를 들었다.

또한 도무탄은 앞으로 해야 할 일들에 대해서 당무기에게
몇 가지 지시를 내리기도 했다.

그리고 적화, 즉 우란화에 대한 얘기를 더 들었는데, 그것
은 그녀의 가문을 몰살시킨 원수 몇 명이 파양현에 있기 때문
에 그들을 죽이기 위해서 그녀가 이곳에 왔으며 계속 머물고
있다는 사실이었다.

우란화는 이따금 한밤중에 적화루를 빠져나와서 경공술을
전개하여 수라전으로 향하는데, 목적은 수라전에 잠입하려는
것이라고 했다.

하지만 수라전의 경계가 너무도 삼엄해서 잠입은 하지 못
했으며, 실제로 다섯 번 정도 잠입했다가 발각이 되어 쫓기는
과정에 수라전의 고수들, 소위 수라귀수(修羅鬼手)로 불리는
고수들하고 싸움이 붙기도 했었다는 것이다.

그녀가 전개한 경공술이나 수라귀수들과 싸우고 또 그들 중에 대여섯 명을 죽인 솜씨를 보면 최소한 일상급 이상의 고수인 것은 분명하다고 했다.

그로 미루어 그녀의 원수는 수라전 내에 있는 것 같았다. 그렇지만 수라전에 잠입하다가 번번이 발각되는 어줍지 않은 실력으로 수라전 안에 도사리고 있는 인물을 죽이는 것은 불가능할 것 같았다.

[또한 그녀는 파양현을 벗어나 다른 지역으로 한두 달, 혹은 몇 달씩 다녀올 때도 있었는데, 그녀가 여기저기 돌아다니면서 수소문하는 모습을 보면 또 다른 원수들을 찾아다니는 것 같았습니다.]

[음.]

[그렇게 무림 고수로서 지난 몇 년 동안 다른 지역에서 활동을 할 때 우란화라는 아호를 얻었던 것입니다. 그렇지만 사람들은 적화와 우란화가 동일인물이라는 사실은 모르고 있습니다.]

[그랬었군.]

당무기가 술을 마시는 체하면서 전음을 보내자 도무탄은 자신에게 쓰러지듯이 몸을 안겨오는 기녀의 둔부를 쓰다듬으며 당무기에게 물었다.

[그녀의 원수는 누군가?]

도무탄은 개방 파양분타가 그동안 우란화를 줄곧 미행하고 감시했으면 그 정도는 능히 알아냈을 것이라 짐작하고 묻는 것이다.

당무기는 도무탄의 예리함에 적이 감탄하면서 대답했다.

[천궁삼마(天窮三魔)입니다.]

[어떤 자들인가?]

도무탄으로서는 천궁삼마라는 별호를 처음 듣는 터라서 대단한 인물들은 아닐 것이다.

아니, 어쩌면 그가 마도의 인물에 대해서는 거의 백지나 다름이 없는 상태이기 때문일 수도 있다. 어쨌거나 천궁삼마가 수라전에 있다면 수라마룡하고 관계가 있는 것만은 분명한 것 같았다.

당무기는 기녀가 자꾸만 안겨오는데도 도무탄이 있는 자리라서, 그리고 중요한 대화를 하는 중이라서 어쩌지 못하고 난감한 표정을 지으며 천궁오마에 대해서 한동안 자세히 설명했다.

그러고 나서 매우 중대한 얘기를 해주었다.

[그런데 수라마룡이 우란화를 연모하고 있습니다.]

[뭐어…….]

[확실한 정보입니다. 수라마룡은 여자에는 전혀 관심이 없는 것으로 알려져 있습니다만, 웬일인지 유독 적화에게만은

관심이 많은 것 같습니다. 그는 수라전에 돌아와 있을 때에는 열흘에 한 번 꼴로 적화루를 찾습니다. 그때는 꼭 적화를 부르지요.]

[적화하고는 어떤 사이인가?]

[그게 좀…….]

당무기는 묘한 표정을 지었다.

[적화가 애를 먹이는 모양입니다. 그래서 수라마룡이 그녀와 동침은커녕 아직 손도 잡아보지 못한 채 적화루에 오면 그녀만 멍하니 바라보다 돌아가곤 한답니다.]

[그것참…….]

[심한 경우에는 적화가 아예 수라마룡을 만나주지도 않을 때가 더러 있다는 겁니다. 그런 날은 수라마룡이 풀이 죽어서 발길을 돌린다고 합니다.]

[수라전에 천궁삼마가 있기 때문인가? 원수를 수하로 둔 우두머리라서 본능적으로 수라마룡을 경계하는 것일 수도 있겠지.]

당무기는 고개를 끄떡였다.

[그럴 수도 있습니다만…….]

두 기녀는 도무탄과 당무기가 아까부터 침묵을 지키면서 연신 술만 마시자 재미가 없는지 자기들끼리 조잘거리기 시작했다.

[그럴 수도 있다는 것은… 다른 이유도 있다는 얘긴가?]

당무기는 씁쓸한 표정을 지었다.

[수라마룡이 적화를 연모하고 있다는 사실은 알 만한 사람은 다 알고 있습니다. 하지만 사람들은 적화가 절대로 수라마룡에게 마음의 문을 열지 않을 것이라는 쪽에 무게를 두고 있습니다.]

도무탄은 점점 더 궁금해졌다. 수라마룡쯤 되는 굉장한 인물이 천하이미 중에 한 명이라고는 하지만 그래도 일개 기녀를 정복하지 못해서 전전긍긍하고 있다니 잘 이해가 되지 않는 일이다.

당무기는 흐릿한 미소를 지었다.

[도 대협께서도 수라마룡을 한 번 보시면 그 이유를 대번에 아실 것입니다.]

[왜? 수라마룡이 보기 역겨울 정도의 추남인가? 아니면 나이가 많은가?]

당무기는 보일 듯 말 듯 고개를 가로저었다.

[그게 아닙니다. 그는 당년 이십오 세이며 도 대협 버금갈 정도로 준수한 용모입니다. 더구나 체격도 좋고 키도 매우 큽니다.]

[어허…….]

도무탄 버금갈 정도의 준수한 용모라는 말에 그가 조금 발끈했다.

[죄송합니다. 그렇지만 사실입니다.]

[그런데 어째서 적화가 그를 싫어하는 건가?]

당무기는 고개를 모로 꼬면서 애매한 표정을 지었다.

[글쎄요. 제 소견으로는 아마 수라마룡의 마기(魔氣) 때문이 아닌가 합니다.]

[마기?]

당무기는 질린다는 듯한 얼굴로 고개를 가로저었다.

[정말 굉장합니다. 수라전의 인물들 말로는 수라마룡의 거처는 돌과 쇠붙이로 만든 것만 사용한답니다.]

들으면 들을수록 괴이한 말만 나왔다.

[어째서 그런가?]

[수라마룡이 스스로 운공을 하여 마기를 다스리지 않으면 주위에 남아나는 것이 아무것도 없다는 겁니다. 십 장 밖의 꽃이 시들어 버리고, 초목이 누렇게 변하는 것은 물론이며, 무공이 약한 사람이 근처에 가까이 있으면 혈맥과 심맥이 부풀어 터져서 죽고 만답니다.]

도무탄은 아연실색했다. 그런 인물이 존재한다는 것은 들어본 적도 없었다.

[굉장하군.]

[그가 연마한 마공 때문이라는 겁니다.]

도무탄은 갑자기 수라마룡에게 강한 호기심을 느꼈다.

[그 지경이니 적화가 그와 마주 앉으려고 하겠습니까? 생각만 해도 치가 떨릴 것입니다.]

도무탄은 백 번 이해하고도 남음이 있었다.

[정말 그렇겠군.]

하지만 수라마룡이 적화를 연모하고, 또 그가 그녀의 마음을 얻지 못했다는, 아니, 영원히 얻을 수 없을 것 같은 현실 때문에 도무탄은 적잖이 놀랐다.

그리고는 우란화와 수라마룡 두 사람에게 떨치기 어려운 진한 흥미를 느꼈다.


도무탄은 두 기녀를 내쫓은 후에 두말하지 않고 적화를 만나고 싶다면서 방으로 오라고 불렀다.

하급의 손님이 술에 취해서 루주인 적화를 부르는 주사를 부리는 경우는 비일비재한 일이라서 기루의 사람들은 귓등으로 들었다.

그래서 도무탄은 적화에게 자신의 말 한마디를 전하라고 일렀다.

"적화의 노래가 듣고 싶구나."

벙어리에게 노래라니 지나친 희롱이다.

# 第八十七章

은혜와 원수

등롱기

두 기녀를 내쫓고 나서 여전히 하급의 기방에서 도무탄과
당무기가 이런저런 대화를 나누고 있는데 한 시진이 거의 지
나도록 적화는커녕 아무도 나타나지 않았다.

그런데 두 사람이 거의 포기하려고 할 때쯤 문 밖에서 인기
척이 났다.

세 사람의 기척인데 그중에서 한 사람의 조용한 숨소리와
단정한 몸가짐에서 나는 기척이 적화에게서 나는 것이라고
도무탄은 판단했다.

"들어가겠어요."

척!

말과 함께 문이 열리고 맨 앞에 삼십 대 초반의 여자가 차가운 얼굴로 거침없이 들어섰다.

그리고 그 뒤에 눈처럼 새하얀 옷에 긴 치마를 끌면서 얼핏 보기에도 아리따운 여자가 따라서 들어왔고, 맨 뒤에 다부진 체구의 호위무사 한 명이 당당하게 따르고 있었다. 누가 보더라도 중간의 여자가 적화인 것 같았다.

당무기는 적화를 발견하고 크게 놀라서 자신도 모르게 벌떡 일어났다.

"허엇?"

설마 적화가 정말로 올 줄은 예상하지 못했기 때문에 그의 놀라움은 이만저만하지 않았다.

하지만 도무탄은 앉은 채 들고 있던 술잔을 느긋하게 비우고 나서 태연하게 들어서는 여자 둘 쪽을 쳐다보았다. 그러나 앞선 여자에 가려서 적화의 모습은 보이지 않자 다시 술잔에 시선을 주었다.

적화의 측근인 듯한 앞선 여자는 서너 걸음 들어오다가 걸음을 멈추고는 냉랭한 얼굴로 말했다.

"루주의 노래를 듣고 싶다는 게 무슨 뜻인가요? 누가 그런 말을 했죠?"

도무탄이 한 말은 듣기에 따라서는 희롱으로 들리기도 하고 달리 깊은 뜻이 있는 것 같기도 했다.

적화는 그것을 확인하려고 직접 온 것 같다. 사실은 바로 그것이 도무탄이 의도했던 바다.

단번에 정확하게 이해할 수 있는 답을 주면 상대는 움직이지 않는 법이다.

알쏭달쏭해야지만 그것에 대해서 여러 가지 추측을 하게 되고 마침내 그것이 무엇인지 확인하려고 움직이는 것이 사람의 심리다.

적화가 그 말의 깊은 뜻을 궁금하게 여긴다면 반드시 올 것이라고 생각했다. 만약 도무탄이 벙어리라고 해도 꼭 와서 확인할 터이다.

"내가 말했다. 그 말의 뜻이 알고 싶으면 적화가 이리 와서 여기에 궁둥이를 붙여라."

도무탄은 젓가락을 까딱거리면서 조금 전까지 기녀가 앉았던 자신의 옆자리를 가리켰다.

그런 행동은 감히 적화에게 할 짓이 아니라서 누구든지 분노를 참지 못할 것 같았다.

앞선 여자는 늘씬한 체구에 싸늘한 미모의 소유자인데, 초승달 같은 아미를 상큼 치켜뜨더니 팩 돌아서서 적화에게 걸어가며 차갑게 말했다.

"돌아가요, 루주."

그렇지만 적화는 자신의 팔을 잡고 문 쪽으로 끌려고 하는 여자의 손을 슬쩍 뿌리치고는 그녀에게 손짓으로 어떤 시늉을 해 보였다.

그러자 여자가 차가운 얼굴로 다시 돌아서서 도무탄에게 물었다.

"하나만 묻겠어요. 당신이 한 말은 루주를 희롱하려는 뜻이었나요?"

도무탄은 요리를 입에 넣고 우적우적 씹으면서 슬쩍 눈살을 찌푸렸다.

"내 말의 깊은 뜻을 이해하지 못하다니, 이래서 계집들은 상대하는 게 아니라니까. 희롱 아니다."

거침없는 반말은 기본이고 적화까지 싸잡아서 '계집'이라고 후려치는 도무탄이다. 제정신을 갖고 있는 사람이 그의 말을 들었다면 당장 방을 나가고 말 것이다.

그러나 적화는 도무탄이 '희롱 아니다'라고 한 말을 중요하게 생각했다.

여자는 그나마 지금까지 화를 억누르고 견지해 왔던 최소한의 예의를 마침내 내버렸다.

그녀는 다시 몸을 돌려 적화를 이끌고 나가려 하면서 호위무사에게 명령했다.

"미친놈. 호위, 저놈들을 당장 끌어내라."

그러나 적화는 조금 강경한 동작으로 손을 내젓고는 도무탄에게 똑바로 다가왔다.

"앉으시오, 당 형."

도무탄은 다가오는 적화에겐 시선도 주지 않은 채 서 있는 당무기에게 말했다.

당무기는 적화를 보면서 넋이 나간 표정으로 엉거주춤 제자리에 앉았다.

"아… 네……."

그는 적화를 실제로 보는 것이 지금이 처음이라서 그녀의 치명적인 아름다움에 경악으로 벌어진 입을 다물지 못했다.

도무탄은 당무기의 빈 잔에 술을 따르고 나서 적화를 힐끗 보며 턱으로 자신의 옆자리를 가리켰다.

"거기 앉아라. 어……?"

그는 긴장한 얼굴로 다소곳이 서 있는 적화를 보면서 다소 뜻밖이라는 표정을 지었다.

"호오… 내 마누라들만큼 예쁜 여자가 천하에 또 있었군."

마누라가 아니라 마누라들이란다. 게다가 그 마누라들이 적화만큼 아름답다는 것이다. 이 자리에서 그 말을 곧이 믿을 사람은 당무기뿐이다.

도무탄은 술잔을 들고 잠시 멍한 얼굴로 적화를 물끄러미 바라보았다.

적화가 정말로 아름다웠기 때문이다. 어째서 그녀를 천하이미의 반열에 올렸는지 알 것 같았다. 독고지연도 독고은한도 고옥군도 지독하게 아름다우며 제각기 누가 우위라고 할 수 없을 정도로 독특한 매력이 있다.

그렇지만 여기에 있는 적화 또한 그런 절세미인 중에 한 명이라고 할 수 있다.

그런 절세미인은 천하를 구석구석 샅샅이 훑어봐도 채 열 명도 되지 않을 터이다.

도무탄은 두 호흡 정도 적화를 쳐다보다가 당무기를 보면서 술잔을 내밀었다.

"마십시다, 당 형. 그런데 좀 전에 어디까지 얘기했었지?"

그런 적화의 절세미모라고 해도 도무탄의 시선을 두 호흡 이상 붙잡아두지 못했다.

물론 그것은 다 작전이다. 사실 속으로는 그녀의 미모와 잘 빠진 몸매에 몹시 감탄하고 있는 중이다. 두 호흡이라는 짧은 시간이었지만 볼 것은 다 봤다.

당무기는 정신을 차리려고 애쓰면서 대답했다.

"수… 술맛에 대해서 얘기하던 중이었습니다."

그런 얘기는 한 적도 없었다.

"아… 그렇군. 당 형은 천하에서 어디 술이 제일 맛있는 것 같소?"

적화와 같이 온 여자는 얼굴 가득 어이없으면서도 못마땅한 표정을 지었다.

지금까지의 경험으로는, 천하의 모든 남자는 적화를 한 번 보는 순간 기절초풍할 정도로 놀라서 그녀 얼굴에서 시선을 떼지 못하는 것이 정석이었다.

그런데 도무탄은 그녀를 잠깐 바라보더니 아무렇지도 않다는 듯 동료와 대화를 이어가고 있지 않은가.

그런데 여자는 루주인 적화가 왜 저 따위 후안무치한 작자에게 관심을 갖는 것인지 그녀의 행동을 도무지 이해할 수가 없었다.

더구나 적화는 아무렇지도 않다는 듯 도무탄 옆자리에 살포시 앉더니 그가 방금 마신 빈 잔에 섬섬옥수를 들어 술을 따랐다.

사락…….

비단 소맷자락이 스치는 소리가 나면서 은은한 절세미녀의 향기가 자욱하게 퍼졌다.

그 광경을 보고는 여자는 어쩔 수 없다는 듯 다가와 적화에게서 약간 떨어진 곳에 섰고, 호위무사는 입구 쪽에 우뚝 서 있었다.

도무탄은 옆에 앉아 있는 적화라는 존재를 잊어버린 듯 당무기하고 술을 마시면서 대화에만 열중했다.

그런데 그 대화라는 것이 어느 지방의 술맛이 어떻고 또 어떤 지방에는 무슨 요리가 맛있다는 등 별로 중요한 내용도 아니었다.

중요하기로 치자면 적화를 이 자리에 직접 오게 만든 그 말에 대한 것이 훨씬 더 비중이 크다.

그런데도 적화는 말없이 도무탄의 시중을 들면서 그의 모습을 찬찬히 살펴보았다.

그것만 봐도 그녀가 매우 참을성이 있으며 차분한 성격이라는 것을 알 수가 있다.

그녀가 살펴본 도무탄은 수염을 길러서인지 모르지만 이십이 세인 그녀보다 서너 살쯤 더 많아 보였으며, 글줄깨나 읽는 서생인 듯하고, 옆얼굴이 정말 조각처럼 멋들어지게 잘생긴 청년이다.

더구나 짧게 다듬은 수염이 어쩌나 잘 어울리는지 푸근한 느낌을 주었다.

의자에 앉아 있는데도 그녀가 일어선 키보다 더 큰 것 같았고, 떡 벌어진 어깨와 잘록한 허리, 긴 하체로 봐서 키가 크고 체격이 좋은 것 같았다.

조금 전에 들었던 목소리는 나직하면서도 청아해서 듣고 있으면 마음이 평온해졌었다.

적화는 올해로 기녀 생활을 칠 년째 하면서 잘생기고 훤칠

한 남자를 수도 없이 많이 봐왔었지만, 외모와 허우대만으로 논한다면 지금 그녀가 보고 있는 도무탄만큼 잘난 사내는 한 명도 없었다.

그러나 그녀의 지금까지의 경험으로 봤을 때 잘생긴 사내일수록 성격이 형편없었다.

성격 좋은 사내를 찾으려고 한다면 용모는 도외시해야만 하는 것이 정석이라는 게 그녀의 지론이다. 잘생긴 외모가 그 사람의 성격을 개차반으로 만드는 것 같았다.

슥—

그런데 그때 도무탄이 그녀를 쳐다보았다. 그래서 그를 보고 있던 그녀와 시선이 정면으로 딱 마주쳤다.

하지만 그녀는 조금도 당황하지 않고 차분한 얼굴로 그를 마주 바라보았다.

그러면서 그의 앞모습이 옆모습보다 훨씬 더 잘생겼다는 사실을 알게 되었다.

그렇지만 그냥 잘생긴 사내라는 것이지 아무 뜻도 없는 일종의 관찰일 뿐이다.

앞에 있는 사람이 그냥 눈에 보이니까 무의미하게 관찰하는, 뭐 그런 것이다.

그녀는 부모와 식솔들의 원수를 갚기 전에는 사내 같은 것은 쳐다보지도 않는다고 맹세했었으며 지금까지 그것을 잘 지켜오고 있는 중이다.

　도무탄은 그녀를 응시하며 지나가는 말처럼 말했다.

　"노래 아는 게 있느냐?"

　"예의를 갖추어라!"

　세 걸음 옆에 서 있는 여자는 도무탄의 안하무인격인 행동에 화가 머리 꼭대기까지 나 있었는데 그가 또다시 무례하게 굴자 날카롭게 쨍 외쳤다.

　도무탄은 그녀를 쳐다보지도 않고 대꾸했다.

　"나는 기녀에게 예의를 갖춘 적이 없다."

　"루주는 기녀가 아니시다."

　"기녀가 아니면 뭐냐? 악사(樂士)나 무희(舞姬)냐?"

　"루주시다!"

　여자는 '루주'라는 말을 특히 강조했다.

　도무탄은 여자에게는 눈길조차 주지 않고 적화를 보면서 답답하다는 듯 말했다.

　"우리는 중요한 얘기를 해야 하는데 저 여자가 자꾸 훼방을 놓는구나."

　"네 이놈이……."

　적화는 발끈하는 여자를 향해 손을 저어서 조용히 하라는 시늉을 했다.

　적화는 원수를 갚고 싶은 것만큼이나 말을 하고 싶어서 견딜 수가 없다.

그래서 지금껏 말을, 아니, 목구멍을 트기 위해서 해보지 않은 게 없을 정도였다.

그녀가 말을 하는 것에 목숨을 걸 만큼 몰두하는 이유는 한 때 그녀도 남들처럼 자유롭게 말을 했던 시절이 있었기 때문이다.

말을 한 적이 아예 없으면 모를까 말을 한 적이 있었던 사람은 그것이 얼마나 소중한지 잘 알고 있다.

그녀는 도무탄에게서 남다른 독특한 느낌을 받았다. 적화루주인 그녀가 벙어리라는 것은 천하가 다 아는 사실인데, 그는 '적화의 노래가 듣고 싶다'고 말했었다. 허접한 말일 수도 있지만 그게 아닐 수도 있다.

그래서 밑져야 본전이라는 생각으로 확인을 하려고 와봤는데 도무탄이 '희롱이 아니다'라고 말한 것이다.

그가 그녀에게 무엇을 어떻게 해줄 수 있을지는 잘 모르겠지만, 적화의 노래를 듣고 싶으며, 그 말이 희롱이 아니라고 말하는 사람에게 그녀가 뭔가를 막연히 기대하는 것은 인지상정이 아니겠는가.

그런데다가 방금 전에는 그가 '노래 아는 게 있느냐'고 물었으니, 그것은 '만약 말을 할 수 있게 된다면 노래를 불러주겠느냐?'는 뜻인 것 같아서 적화는 자꾸만 그에게 마음이 끌리는 것을 어쩌지 못했다.

다시 말을 하고 싶은 욕망의 크기만큼 그에게 마음이 끌리고 있는 것이다.

아니, 그에게가 아니라 그가 뭔가를 해줄지도 모르는 그 알 수 없는 미지의 능력에 끌리고 있었다.

만약 도무탄이 결국에는 지금까지 한 말은 다 농담이었느니 뭐니 흰소리를 한다면 당장 내쫓아 버리면 그만이다.

그만한 일로는 실망하지 않는다. 아니, 조금쯤 실망을 하겠지만 뭐 어떠랴. 지금껏 살아온 과거가 전부 실망의 연속이 아니었던가.

"노래 아는 게 있느냐고 물었다."

도무탄이 조금 전에 물었던 것을 재차 묻자 적화는 그를 빤히 바라보며 고개를 끄떡였다.

예전에 목소리를 잃기 전에는 주위 사람들이 그녀의 목소리가 꾀꼬리를 닮았다고 칭찬이 자자했었는데 아는 노래가 하나뿐이겠는가.

알 수 없는 기대감에 그녀는 도무탄의 얼굴에서 시선을 떼지 못하고 눈을 깜빡거리지도 않은 채 뚫어지게 바라보면서 다시 한 번 고개를 끄떡였다.

"흠. 듣기는 하는 걸 보니까 태어날 때부터 벙어리는 아니었던 모양이로구나."

적화는 또다시 더 크게 고개를 끄떡였다. 그녀는 자신이 마치 천하에서 가장 용하다는 의원 앞에 앉아 있는 것 같은 착각이 들었다.

앞에 앉아 있는 잘생긴 청년이 천하제일의 의원이 아니면 또 어떻겠는가.

이렇듯 지금처럼 가슴이 뛰고 흥분을 느끼는 것이 과연 얼마만의 일이던가.

정말 기억에도 까마득하다. 그녀는 지난 칠 년 동안 참으로 무미건조한 삶을 살아왔다는 사실을 지금 새삼스럽게 깨닫고 가슴이 허망해졌다.

'허어… 이 여자는 정말로 눈이 아름답구나.'

촉촉하게 우수에 젖어 있는 적화의 눈은 도무탄이 감탄할 만큼 아름다웠다.

매우 길고 숱이 많은 속눈썹 아래에 추수처럼 서늘한 한 쌍의 눈을 보고 있노라니 도무탄은 그 눈 속으로 빨려드는 것 같은 착각마저 느꼈다.

그런데 눈만이 아니다. 도무탄은 문득 그녀의 도톰하고 붉은 그러면서 물기에 젖어 반짝거리는 입술을 보다가 가슴이 세차게 흔들리는 것을 느끼고는 마른침을 삼켰다.

그리고는 반사적으로 저 입술에 자신의 입술을 부비면서 그 속에 감추어져 있을 감미로운 혀를 빨고 싶다는 충동을 강하게 느꼈다.

천하제일의 미녀를 보고 모든 남자가 다 느낄 욕정을 그도 잠시 느꼈을 뿐이다.

만약 그런 감정을 추호도 느끼지 않는다면 그는 고자이거나 성인군자일 터이다.

그러나 그는 고자도 성인군자도 아니다. 여자라는 족속을 눈으로 보고 만지거나 냄새라도 맡으면 곧바로 반응하는 건강한 남자에 다름 아니다.

슥―

"어디 보자."

도무탄은 순간적인 욕정을 삼키고, 아니, 감추고 손을 뻗어 그녀의 섬섬옥수를 덥석 잡았다.

적화는 이제 드디어 시작이라는 생각에 바짝 긴장하여 손을 그에게 맡겼다.

그는 그녀의 손목으로 약간의 부드러운 진기를 주입하여 그녀의 상태가 어떤지 알아보았다.

그리고는 잠시 후 그녀의 단전과 명치, 그리고 목구멍, 즉 인후(咽喉)에 단단하고 오래된 울혈(鬱血)이 꽉 막혀 있다는 사실을 알아냈다.

그리고 그것들이 그녀가 목소리를 내지 못하는 원인이라고 판단했다.

아마도 그것은 운공조식을 하다가 주화입마에 들었거나 어떤 극심한 충격에 의해서 생긴 것 같았다.

그는 손목을 잡은 상태에서 그녀를 보며 태연하게 말했다.

"예전에 심한 충격을 받았던 일이 있었느냐?"

적화는 화들짝 놀라서 눈을 커다랗게 뜨더니 잠시 후 고개를 끄떡였다.

그리고는 반사적으로 칠 년여 전 가문이 멸문을 당했을 때의 그 비참한 광경이 되살아나서 가냘프면서도 늘씬한 교구를 한 차례 바르르 떨더니 서늘한 두 눈에 눈물이 가득 차올랐다.

"내가 너의 목소리를 찾아주면 너는 날 위해서 무엇을 해줄 수 있느냐?"

도무탄은 그녀를 이용해서 수라마룡에게 접근하여 목적을 이룰 계획을 하고 있다.

수라마룡은 여자에겐 전혀 관심이 없다는데 오로지 적화에게만 연심을 품고 있다지 않은가. 그러니까 이것은 절호의 기회다.

그의 말에 적화는 어쩌면 자신이 목소리를 찾을지 모른다는 기대가 꿈틀거렸다.

도무탄의 말은 그녀의 목소리를 찾아주는 것이 별로 어렵지 않은 듯한 여운을 강하게 풍겼다.

그러나 그녀는 흥분을 가라앉히려고 애쓰면서 도무탄을 똑바로 바라보았다.

사내가 천하제일의 미녀인 그녀에게 원하는 것은 굳이 물어보지 않아도 한 가지뿐일 터이다.

즉, 동침을 원하는 것이다. 그녀는 도무탄이 원하는 것이 그것일 것이라고 짐작했다.

적화는 이십이 세가 된 지금까지 순결한 몸을 지켜왔다. 십오 세에 동기가 되어 장장 칠 년여 동안 순결을 지켜온 과정은 실로 험난했으나, 목소리를 다시 찾을 수만 있다면 순결을 바칠 수도 있다고 생각했다.

평생 벙어리로 사는 것보다는 순결을 주는 편이 훨씬 낫다. 순결 같은 것은 사실 그녀에게 아무것도 아니다.

그것을 버리고 나면 어쩌면 지금보다 훨씬 더 자유로울 수도 있을 터이다.

그녀는 자신의 목소리를 찾아주거나 원수를 갚아주는 사람이 있다면 평생 그 사람의 종이 되어도 상관이 없다는 생각을 수없이 해왔었기에 순결을 주는 것은 문제도 아니라고 생각했다.

그녀는 오른 손바닥을 펼쳐서 자신의 가슴을 지그시 누르고 나서, 그 손을 가슴에서 떼더니 도무탄을 향해 곧게 뻗어 그의 가슴을 가리켰다. 그 행동은 마치 내 마음을 당신에게 주겠다는 뜻처럼 보였다.

그때 옆에 서 있는 여자가 적화의 수화(手話)를 잔뜩 못마땅한 목소리로 해석해 주었다.

"목소리를 찾아준다면 루주께서 자신을 당신에게 바치겠다고 말씀하셨다."

여자는 지금 적화가 느끼고 있는 가슴이 터질 듯한 기대감의 백분지 일마저도 느끼지 못하고 있는 것이 분명하기에 도무탄을 대하는 태도에 적의가 가득했다.

도무탄은 적화의 손목을 잡은 상태에서 부드러우면서도 거센 진기를 주입시켰다.

순간 적화는 무언가 뜨거운 기운이 체내로 쏟아져 들어와 전신으로 해일처럼 퍼져 나가는 것을 느끼면서 온몸을 세차게 떨었다.

"하윽!"

이런 느낌은 생전 처음이다. 몸속을 뜨거운 물로 깨끗이 씻어내는 듯한 느낌이다.

"큭!"

그런데 그때 갑자기 그녀가 얼굴이 하얘지면서 가슴이나 목에 뭐가 걸린 것처럼 답답한 소리를 냈다.

슥—

그러자 도무탄이 그녀를 가볍게 들어서 그녀의 등이 자신의 가슴 쪽으로 오게 하여 무릎에 앉혔다.

적화는 깜짝 놀라서 한순간 두 팔을 허우적거렸으나 곧 반항하지 않고 가만히 있었다.

평소 같으면 이런 행동은 어림도 없는 일이지만 지금은 매우 중대한 일을 하고 있는 중이라서 망치면 안 된다는 생각이 들었다.

도무탄은 왼손으로 그녀의 날씬한 배를 부드럽게 쓰다듬으면서 진기를 주입했고, 오른손으로는 등을 아래에서 위로 쓸어 올리면서 역시 진기를 주입했다. 그렇게 하려면 지금의 자세를 취하는 게 가장 좋다.

적화는 뱃속, 즉 단전에 뭔가 꽉 막혀 있던 것들이 서서히 위로 올라가는 듯한 느낌이 들었다.

그때 도무탄의 왼손이 그녀의 배를 아래에서 위로 부드럽게, 오른손도 같이 등을 아래에서 위로 쓸어 올리는 동작을 반복했다.

"몸에서 힘을 빼라."

도무탄은 두 손으로 그녀의 배와 등을 부드럽게 열심히 위로 쓸어 올리면서 주문했다.

그의 말에 적화는 자신이 몸에 잔뜩 힘을 주고 있다는 사실을 깨닫고 즉시 힘을 빼면서 몸을 축 늘어뜨려 온몸을 그에게 맡겼다.

"끄으으……."

도무탄의 왼손이 그녀의 배에서 젖가슴으로 올라가 커다란 두 손으로 한 쌍의 젖가슴을 움켜쥔 상태에서 진기를 계속 주입시켰다.

그 동작으로 단전에 있던 울혈이 명치에 있던 울혈과 합쳐지고 있었다.

그러나 적화는 그가 자신의 젖가슴을 움켜잡고 있는 사실을 전혀 느끼지 못했다.

단전에서 뭔가 주먹만 한 묵직한 것이 가슴으로 치밀어 오르더니 그것이 명치에 있는 또 다른 묵직한 무엇하고 합쳐지는 바람에 가슴이 찢어질 것만 같아서 숨을 쉬는 것은 물론이고 심장이 그대로 멈춰 버릴 것만 같았다.

여자는 도무탄이 적화의 젖가슴을 주무르는 것을 보고 있으나 끼어들 상황이 아니라고 판단했다.

도무탄 무릎에 앉은 적화가 사지를 버둥거리면서 입을 크게 벌리고 있는데 안색이 해쓱하며 곧 숨이 끊어질 것 같은 모습이기 때문이다.

"그, 그만! 멈춰라!"

여자는 대경실색하여 급히 다가오면서 두 손을 뻗어 적화를 붙잡으려고 했다.

"우왁!"

그 순간 적화의 크게 벌어진 입으로 검붉으면서 커다란 핏덩이가 확 뿜어져 나갔다.

그리고 그 핏덩이는 다가서던 여자의 얼굴에 적중되고 핏물이 그녀의 상체를 뒤덮었다.

"학학학학……."

적화는 땀에 흠뻑 젖은 상체를 도무탄에게 기댄 채 기진맥진한 모습으로 가쁜 숨을 몰아쉬었다.

실내에 고요한 적막이 흘렀다. 핏덩이에 얼굴을 얻어맞고 핏물을 뒤집어쓴 여자도, 호위무사도 가까이 다가와 경악한 얼굴로 적화를 뚫어지게 주시했다.

당무기는 눈을 화등잔처럼 크게 뜬 채 엉거주춤 일어나 적화를 쳐다보았다.

그때 적화의 몸이 축 늘어지면서 도무탄의 가슴에 등을 기대고 누우며 긴 한숨을 토해냈다.

"하아……."

여자와 호위무사. 그리고 당무기까지 극도로 긴장된 표정을 지으면서 적화에게서 시선을 떼지 않으며 세 방향에서 그녀에게 가까이 다가들었다.

그래서 적화가 도무탄의 무릎에 앉아 아예 길게 누웠으며, 도무탄의 두 팔과 손이 그녀의 가슴을 안고 있는 광경은 아예 눈에 들어오지도 않았다.

적화는 그동안 단전과 명치와 목구멍을 짓누르고 있던 세 개의 울혈을 토해내고는 심신이 날아갈 것처럼 가볍고 상쾌한 기분을 느꼈다.

이런 기분은 실로 칠 년여 만에 맛보는 것이다. 칠 년 전, 부모님과 형제를 비롯한 식솔 수십 명이 난도질을 당하여 무참하게 죽어 있는 광경을 보고는 까무러쳤다가 깨어난 후부터 목소리를 잃었던 그녀다.

항간에 뜬소문으로 알려진 것처럼 열병을 앓았기 때문이 아니라 너무 큰 충격으로 울혈이 생겨서 목소리를 잃어버렸었던 것이다.

잠시 후 어느 정도 정신을 수습한 그녀는 자세를 바로 하려다가 그제야 도무탄의 손과 팔이 자신의 젖가슴을 짓누르고 있는 사실을 깨달았다.

하지만 치료를 하는 중이었으며 또 경황 중이라서 이런 자세가 된 것은 어쩔 수 없는 일이다.

아니, 그게 아니더라도 도무탄이라면 무슨 짓을 해도 용서해 줄 수 있을 것 같았다.

아직 목소리를 되찾은 것을 확인하지는 않았지만 만에 하나 목소리를 찾지 못하더라도 도무탄에게 큰 은혜를 입은 것만은 분명하다고 생각했다.

슥―

"자."

그때 도무탄이 그녀의 몸을 빙글 돌려서 자신과 마주 앉는 자세가 되도록 했다.

조금 전보다 더 대담한 자세지만 그걸 가지고 뭐라고 하는 사람은 아무도 없었다.

도무탄은 적화의 입가와 턱에 묻은 피를 손으로 닦아주면서 온화하게 말했다.

"이제 말을 해봐라."

적화가 입고 있는 긴 치마가 두 사람의 하체를 온통 덮고 있는 탓에 그 아래는 보이지 않았다.

도무탄이 방금 전에 그녀를 빙글 돌려 마주 앉은 자세를 취했을 때 두 사람은 너무 가까워졌다.

두 사람의 배와 가슴이 서로 밀착하듯이 맞닿았고 입술만 조금 내밀어도 서로의 입술이 닿을 정도다. 그리고 두 사람의 하체를 덮고 있는 치마 아래에서는 두 사람의 중요한 부위가 밀착되어 있었다.

적화는 자연스럽게 두 손을 도무탄의 어깨에 얹었고, 그는 더 자연스럽게 두 팔로 그녀의 허리를 안았다.

"내 생각에는 아마 네가 목소리를 되찾은 것 같구나."

도무탄이 말하자 그의 입에서 술 냄새 짙은 입김이 그녀에게 뿜어졌다.

그렇지만 그녀는 피하지 않았고 그게 싫지도 않았다. 그가 말한 것처럼 그녀는 자신이 목소리를 되찾았을 것이라고 강하게 확신했다.

"제일 먼저 무슨 말을 하고 싶으냐?"

도무탄은 말하면서 짓궂게 자신의 입술로 그녀의 입술을 살짝 건드렸다.

그녀로서는 태어나서 처음으로 타인의 입술이 자신의 입술에 닿은 것인데 그걸 아는지 모르는지 도무탄은 순결한 입술을 두 번 세 번 자꾸만 건드리면서 말을 했다.

"그게 어떤 말이든지 이루어질 것이다. 자, 어서."

도무탄에게는 아주 나쁜 버릇이 하나 있다. 그것은 여자, 특히 아름다운 여자를 지나칠 정도로 만만하게 여기고 또 장난이 심하다는 것이다.

자신의 아무 뜻 없는 한마디 말이나 가볍다고 생각하는 행동이 여자들에게 어떤 영향이나 결과를 미칠 것인지에 대해서 심각하게 생각해 본 적이 없다.

적화가 몹시 긴장해서 심호흡을 할 때 그녀의 허리에 둘렸던 도무탄의 손이 스르르 둔부로 내려오더니 슬금슬금 쓰다듬었다.

그때 적화의 입술이 그의 뺨을 스쳐 지나 귓가로 향하더니 뜨거운 입김과 함께 속삭임을 토해냈다.

"사랑해요……."

도무탄의 손이 뚝 멈추고 얼굴에 놀라움이 떠올랐다.

그녀는 이 첫 마디를 하기 전에 자신이 말을 하게 될 것이라는 사실을 믿었다.

도무탄을 처음 만나서 지금까지 채 반 시진도 지나지 않았으나 그 짧은 시간이 그녀가 여태까지 살아온 이십이 년 중에서 가장 소중한 시간이라는 사실을 분명하게 깨달을 수 있었다.

그녀는 자신의 목소리를 찾은 것보다도 그 목소리를 찾도록 해준 남자를 사랑할 수 있게 된 이 기회가 더욱 소중하게 생각되었다.

"사랑해요……."

그녀는 장장 칠 년여 만에 되찾은 목소리로 한 사내를 사랑한다는 말을 했고 두 번째도 같은 말을 했다.

그녀는 분명히 말을 했다. 약간 잠긴 듯한 목소리였지만 풀잎 위에 이슬이 또르르 구르는 듯한 영롱한 목소리를 칠 년 만에 입 밖으로 흘려냈다.

그녀는 도무탄의 어깨에 얹었던 손으로 그의 목을 꼭 끌어안으며 눈물을 왈칵 쏟았다.

도무탄은 설마 그녀가 자신을 사랑한다는 말을 할 줄은 전혀 예상하지 못했기에 적잖이 놀랐다.

그래서 꼭 안긴 그녀를 살짝 떼어내 얼굴을 들여다보았다.

"너……."

"사랑해요……."

그녀는 똑같은 말을 세 번이나 반복했다. 마치 칠 년 동안 벙어리로 살아오는 동안 마음속으로 그 말만 수없이 연습한 사람 같았다.

도무탄은 두 손으로 그녀의 양 뺨을 감쌌다.

"너 그게 무슨 뜻인지 알고나 말하는 것이냐?"

"알아요. 남자에게 나의 모든 것을 다 주고 내 인생을 송두리째 맡기는 것이잖아요."

정확하다. 칠 년여 만에 다시 목소리를 찾은 그녀는 꾀꼬리처럼 종알거렸다.

"그래서 네가 그런다는 말이냐?"

적화의 눈에서는 어느덧 눈물이 그치고 두 눈이 밝은 별빛처럼 반짝거렸다.

"저의 모든 것을 당신께 다 드리고 제 인생을 송두리째 당신께 맡기겠어요. 지금 이 순간부터."

"너……."

적화의 입술이 도무탄의 입술 한 치 앞에서 달싹거렸다.

"제 목숨을 걸고서……."

그녀의 향기로운 입 냄새가 끼쳐 왔다.

도무탄과 당무기는 적화의 안내로 그녀의 거처인 구 층으로 자리를 옮겼다.

화려하고 넓은 실내에 술자리가 새로 차려졌다. 적화의 측근인 여자와 호위무사가 나란히 섰다가 허리를 굽히며 도무탄에게 정식으로 인사를 했다.

"소효령(蘇效翎)이에요."

"소당림(蘇棠林)입니다."

도무탄은 적화의 목소리를 되찾아준 은인이므로 처음부터 새로 시작하는 것처럼 공손했다.

그들 옆에 서 있는 적화가 우아한 동작으로 그들을 가리키면서 설명했다.

"소녀의 사촌 오라버니와 사촌 언니예요."

설명하고 나서 이번에는 적화가 바닥에 엎드리면서 도무탄에게 큰절을 올렸다.

"소녀는 소운설(蘇雲雪)이라고 해요."

바닥의 푹신하게 넓게 깔린 호피에 책상다리로 앉아 있는 도무탄은 소운설을 일으키고 나서 고개를 끄떡이며 엷은 미소를 지었다.

"다들 앉지."

도무탄의 말에 적화 소운설이 당연한 듯이 그의 왼쪽에 다

소곳이 앉았고, 그 옆에 사촌 언니 소효령과 사촌 오라비 소당림이 나란히 앉았다. 그리고 도무탄의 맞은편에 당무기가 자리를 잡았다.

도무탄은 소운설이 따라주는 술잔을 받아 든 후에 넌지시 물어보았다.

"설아 네가 벙어리가 되었고 이렇게 사촌들과 함께 지내는 것을 보면 예전에 무슨 사연이 있는 듯하구나."

소운설은 옛날 일이 생각나는지 금세 눈물을 글썽거렸으며 소효령과 소당림은 착잡한 표정을 지었다.

소운설의 설명에 의하면, 그녀의 가문은 강소성 남경에 위치한 무가(武家)로서 은하소가(銀河蘇家)라고 하는데 남경에서는 모르는 사람이 없을 정도로 유명했었다고 한다.

어느 날 그녀의 부친 소정협(蘇正俠)이 아들 둘과 함께 며칠 동안 외출을 나갔다가 돌아왔는데 세 사람 모두 심각한 부상을 입은 모습이었다.

부친의 설명에 의하면 마도의 천궁사마라는 자 중에 한 명이 부친과 친분이 있는 문파에서 마구잡이로 사람들을 죽이며 행패를 부리고 있는 광경을 목격하고 따끔하게 혼을 내주려다가 죽이고 말았다는 것이다.

그 싸움에서 부친과 두 아들이 심각한 부상을 입었으니 천궁사마의 한 명이라는 자는 대단한 고수가 분명했다.

그 정의로운 일로 인해서 소정협과 은하소가의 명성은 더욱 굳건해졌다.

천궁사마의 한 명을 죽이고 한 문파를 구한 일은 많은 사람의 입에 오르내렸다.

그로부터 달포쯤 지난 어느 날 소운설은 집에서 멀지 않은 곳의 사촌 댁에 놀러갈 일이 생겼다.

두 명의 사촌 소효령과 소당림이 재미있는 곳에 놀러가자면서 그녀를 데리러 온 것이다.

그래서 소운설은 놀러갔다가 딱 하룻밤만 사촌 집에서 자고서 소효령과 소당림이 다시 데려다줘서 집으로 돌아온 것이 전부였다.

그런데 다시 돌아온 집은 그녀가 떠났던 어제의 평화로운 풍경이 아니었다.

믿어지지 않게도 부모님과 두 명의 오빠를 비롯한 칠십여 명의 식솔이 모조리 처참한 모습으로 죽어 있었다. 살아 있는 것은 아무것도 없었다.

또한 온전한 모습을 보존하고 있는 시체가 단 한 구도 없을 정도로 끔찍한 광경이었다.

그것은 어느 누가 보더라도 마도나 사파의 고수가 저지른 소행이 분명했다.

그 광경을 본 순간 소운설은 그 자리에서 피를 토하고 까무

러쳤으며, 소효령과 소당림은 울면서 그녀를 데리고 자신들의 집으로 돌아갔다.

그런데 비극은 거기에서 끝난 것이 아니었다. 이번에는 세 사람이 눈물을 흘리면서 돌아간 사촌 가문이 풍비박산당해 있는 것이 아닌가.

사촌 가문의 식솔들이 죽은 처참한 모습도 은하소가와 크게 다르지 않았다.

소운설과 소효령, 소당림 세 사람이 은하소가로 돌아오고 있는 사이에 사촌 가문이 멸문당한 것이 분명했다.

세 사람은 그곳에 있을 수가 없어서 피눈물을 흘리며 정든 고향을 떠났다.

그곳에서 어물거리고 있다가는 두 가문을 시산혈해로 만든 흉수들이 이들까지 죽일 것만 같아서였다.

부모님과 형제들의 장례조차 치르지 못하고 도망친 그 일로 인해서 세 사람은 훗날 두고두고 자신들의 옹졸한 행동을 저주했었다.

소운설은 얼마 전에 아버지와 두 오라비가 죽였다는 천궁사마 중에 한 명의 복수를 하려고 다른 천궁삼마가 두 가문을 피로 씻었을 것이라고 추측했다. 그것 말고는 생각나는 것이 아무것도 없었다.

그리고 얼마 지나지 않아서 하나의 소문이 남경 인근에 파다하게 떠돌았다. 남경의 은하소가와 성 외곽 강녕현(江寧縣)의 진현소가(進賢蘇家)를 멸문시킨 것이 천궁삼마라는 사실이었다.

소운설의 추측이 맞았다. 천궁삼마가 동료의 복수를 하려고 은하소가와 진현소가 양쪽의 식솔 백이십여 명을 무참히 죽인 것이 분명했다.

바로 그날 소운설과 소효령, 소당림은 목숨을 걸고서 천궁삼마를 죽여 복수하기로 맹세를 했다.

"이후 천궁삼마가 이곳 파양현에 있는 천궁마보(天窮魔堡)의 대보주와 좌우보주라는 사실을 알아내고 무작정 이곳으로 왔어요."

소운설은 도무탄이 따라주는 술을 두 손으로 공손히 받으면서 차분하려고 애쓰며 말을 이었다.

"얼마가 걸리든지 기필코 복수를 하기 위하여 이곳에 터를 잡으려고 했는데 가진 것이라곤 우리 세 몸뚱이뿐이라서 이런저런 고민을 하다가 결국 소녀가 동기가 되어 기루에 들어가기로 결심했어요. 그때부터 줄곧 이곳 적화루에서 기녀 생활을 했어요."

옆에 앉은 소효령이 갑자기 눈물을 와락 쏟더니 흐느끼면서 말했다.

"그때 설아 나이가 겨우 열다섯 살이었는데 이 아이가 처음 술자리에 나가서 손님을 모셨던 날에는 나하고 동생 둘이서 밤새 목이 쉬도록 울었었어요."

그녀는 소운설의 어깨를 감싸면서 오열했다.

"다행이 손님들에게 설아의 인기가 나날이 좋아져서 먹고 사는 데는 어려움이 없었는데, 반면에 원수를 갚는 일은 날이 갈수록 어려워져서 이제는 코끼리가 바늘구멍을 통과하는 것 이상으로 불가능해졌어요."

어느 날 갑자기 나타난 천하사룡의 한 명인 잔도마룡이 천 궁삼마의 천궁마보를 접수하여 수라전이라 이름을 바꾸고 강 서성의 마도세력을 끌어 모아서 예전보다 세력을 열 배 이상 불렸다.

그리고는 천궁삼마를 자신의 수하에 두었으니 소운설과 소효령, 소당림으로서는 예전에 비해서 복수를 하는 것이 몇 배나 더 어려워졌다. 아니, 아예 불가능해졌다.

세 사람은 아직도 원수를 한 명도 죽이지 못했다는 사실 때 문에 가슴이 미어져서 한동안 아무 말도 하지 못하고 고개를 숙인 채 눈물만 흘렸다.

# 第八十八章

종이 되겠어요

도무탄은 소운설의 신세에 대해서 물은 후에 처음으로 말문을 열었다.

"그래서 앞으로 어떻게 할 생각이냐?"

소운설은 고개를 들고 눈물 젖은 얼굴로 그를 바라보다가 고개를 살래살래 가로저었다.

"사실 이제 어떻게 해야 할지 모르겠어요. 그저 막막하고 눈앞이 캄캄하기만 해요."

도무탄은 따뜻한 눈길로 그녀를 바라보았다.

"부모와 오빠들, 그리고 백이십여 명이 넘는 식솔의 가련

한 영혼들은 아직도 저승으로 가지 못한 채 구천을 떠돌고 있겠구나."

그의 따뜻한 눈길과 위로의 말에 소운설은 견디지 못하고 그의 품으로 쓰러지면서 울음을 터뜨렸다.

"으흐흑! 소녀는 어쩌면 좋아요……!"

도무탄은 그녀를 안고 부드럽게 등을 쓰다듬어 주었다.

"어쩌긴, 복수를 해야지."

"네?"

소운설은 의아한 얼굴을 들어서 그를 올려다보았다.

도무탄은 두 손으로 그녀의 양 뺨을 잡고 눈물을 닦아주며 미소 지었다.

"내가 천궁삼마를 제압해서 너희 앞에 데려다주면 어떻겠느냐?"

"……."

소운설은 무슨 소리냐는 듯 아름다운 눈을 동그랗게 떴다.

쪽!

도무탄은 그녀에게 살짝 입맞춤을 하고는 한 팔로 어깨를 감싸 안고 당무기를 쳐다보았다.

"천궁삼마는 지금 어디에 있나?"

당무기는 지금까지와는 달리 자세를 바로 하고 공손히 두 손을 앞에 모으며 대답했다.

"모두 수라전에 있습니다."

"정말인가요?"

소운설이 화들짝 놀라서 급히 물었다. 그녀에겐 천궁삼마가 어디에 있느냐는 것도 대단한 정보다.

"그렇습니다. 여태까지 천궁삼마는 각자에게 주어진 일을 하느라 매우 바빠서 세 명이 함께 있는 경우가 극히 드물었는데 이번만큼은 일이 없어서 수라전에서 휴식을 취하고 있습니다."

"좋은 기회로군."

도무탄은 고개를 끄떡이고 나서 소운설의 어깨를 감쌌던 팔을 허리에 두르고 자신 쪽으로 바싹 끌어당기면서 넌지시 물었다.

"내가 천궁삼마를 제압해서 네 앞에 데려다주마."

가냘픈 몸이 뼈가 없는 듯 그의 품에 안겨들면서 소운설은 크게 놀라 그를 바라보았다.

"정말 그럴 수 있어요?"

"내가 한다면 하는 거지."

소운설과 소효령, 소당림은 이미 도무탄이 범상치 않은 사람이라는 사실을 눈으로 똑똑히 목격하고 또 체험을 했기에 이제 그가 무슨 말을 하면 다 믿게 되었다.

그런데 그가 천궁삼마를 마치 닭 세 마리 모가지를 비틀어서 잡아오는 것처럼 간단하게 말하는 것까지는 쉬이 믿어지지가 않았다.

"지금 시각이 얼마나 됐나?"

그의 물음에 당무기가 일어나 창을 열고 바깥 밤하늘을 살피고 와서 대답했다.

"축시쯤 된 것 같습니다. 너무 늦었습니다."

당무기는 도무탄이 지금 당장 천궁삼마를 잡으러 간다고 할까 봐 너무 늦었다고 그런 식으로 슬쩍 만류했다.

구태여 그가 말하지 않았어도 도무탄 생각으로도 지금은 늦은 시각이 분명하다.

더구나 지금은 술이 많이 취했다. 까짓 취기쯤이야 공력으로 말끔하게 몰아내면 거뜬할 테지만, 오늘은 배를 오래 타고 오느라 피곤하고 또 지금은 그냥 편안하게 술을 마시고 싶은 기분이다.

"놈들은 내일 밤에 잡아다 주마. 하루만 참아라."

지난 칠 년여 동안 오로지 그놈들 죽이는 생각만 하고 살았는데 천궁삼마를 죽일 수만 있다면 하루가 아니라 일 년인들 참지 못하랴.

그러나 문제는 과연 도무탄이 자신만만하게 말하는 것처럼 천궁삼마를 잡아 올 수 있느냐는 것이다.

소운설은 눈물을 닦고 매초롬한 모습으로 그를 바라보면

서 자신의 뜻을 밝혔다.

"애쓰시지 않으셔도 괜찮아요. 소녀는 원수를 갚는 것보다 당신께서 무사하신 것이 훨씬 좋아요."

그녀는 자신이 칠 년여 만에 다시 말을 하게 된 것만으로도 감개무량했다.

더구나 자신의 목소리를 되찾아준 이 도무탄이라는 사람을 보면 볼수록 마음이 끌리고 자꾸만 기대고 싶어졌다. 그래서 그가 위험해지는 것이 싫었다.

잘생긴 사내는 성격이 형편없는 법이거늘, 도무탄은 잘생긴 외모보다도 성격이 더 좋은 것 같았다.

여자 나이 이십이 세라면 성숙할 대로 성숙하고 무르익을 대로 무르익어서 톡 건드리기만 해도 산산이 터져 버릴 육체를 지니고 있다.

그러나 소운설의 머릿속에는 오로지 살아남아서 복수를 해야 한다는 생각으로 가득 차 있어서 그동안 남자에게 신경을 쓸 겨를 따위가 없었다.

칠 년 전 가문이 하루아침에 멸문했을 때 그녀는 겨우 십오 세였으며 여자로서 풋내 나는 어린 소녀였었다.

그렇지만 장장 칠 년여 동안이나 무던하게 참고 견뎠다고 해서 여자의 본능이라는 것이 증발하거나 사라지는 것은 아니다.

그냥 몸과 마음 저 밑바닥에 강제로 꾹꾹 억제되어 있을 뿐이었다.

사실 아까 도무탄이 입술을 그녀의 입술에 서너 차례 살짝 부딪쳤을 때 그녀는 온몸의 피가 전신의 모공을 통해서 한꺼번에 터져 나가는 것 같은 충격을 맛보면서 하마터면 혼절할 뻔했었다.

아무에게나 그러는 것이 아니다. 도무탄이 그녀의 마음을 잡아끄는 남자이기에 그런 반응을 보인 것이다.

"그렇지만 말이다."

술이 거나하게 취한 도무탄의 손은 평소의 버릇처럼 자꾸만 소운설의 둔부로 향했다.

그런데도 소운설은 아무렇지도 않았다. 아니, 그의 손길이 닿는 곳마다 찌릿찌릿해서 저절로 몸이 움찔거리는 것을 간신히 참고 있는 중이다.

"깨끗하게 원수도 갚고 나도 무사하면 그게 더 좋은 것 아니겠느냐?"

"그건 그렇지만……."

"알았으니까 지금은 술이나 마시자."

도무탄은 북경성을 떠나서 이곳 파양현까지 오는 한 달 가까운 동안 이따금 술을 마셨지만 허리띠 풀어놓고 작정하고 마신 적은 없었다.

그래서 오늘 밤만큼은 잡념 다 떨쳐 버리고 실컷 마시고 취해볼 생각이다.

"그런데… 천궁삼마를 어떻게 제압할 겁니까?"

사촌동생 소운설이 목소리를 되찾았다는 사실에 크게 고무된 사촌오빠 소당림은 술을 꽤 많이 마신 상태에서 도무탄을 보면서 물었다.

"어떻게… 라니? 혈도를 제압해야지 다른 방법이 있나?"

"그렇군요."

소당림이 물은 요지는 그게 아닌데 대답을 듣고 보니까 질문이 어리석었다는 것을 깨달았다. 그렇다고 다시 묻는 것은 좀 그랬다.

"에… 그러니까 말이야."

한 걸음 늦게 소당림이 무엇을 궁금하게 여기는지 깨달은 도무탄은 그를 이해시켜야겠다는 생각을 했다.

만약 술기운이 아니었다면 그의 물음에 신경조차 쓰지 않았을 것이다.

슥—

"나 술 한 잔 주겠나?"

도무탄은 술잔을 비우고 나서 뜬금없이 빈 잔을 불쑥 소당림에게 내밀었다.

"아… 네."

도무탄의 주문에 소당림은 당황했지만 즉시 앞에 놓인 옥주담자를 향해 두 손을 뻗었다.

"……!"

그런데 어찌 된 일인지 그의 두 팔이 앞으로 나가기는커녕 밧줄에 꽁꽁 묶인 것처럼 꼼짝도 하지 않았다. 이런 일이 벌어질 것이라고는 추호도 예상하지 않았던 소당림은 크게 놀라 당황했다.

옥주담자와의 거리는 겨우 한 자 남짓인데 제아무리 공력을 주입하여 두 팔을 뻗어도 그걸 잡지 못하고 쩔쩔맸다.

"으으……."

그는 비지땀과 신음을 동시에 흘리면서 두 팔에 힘을 주어서 뻗지만 꼼짝도 하지 않기는 마찬가지다.

그는 도무탄이 은연중에 무형지기를 발휘하여 자신을 옭아매고 있다는 사실은 꿈에도 하지 못하고 순간적으로 자신이 무슨 해괴한 병에 걸리거나 독에 중독된 것이 아닌가 하는 생각마저 들었다.

"으으… 이게 도대체… 끙……."

그는 사력을 다해서 두 손을 내밀어봤으나 앉은 자세에서 몸만 미미하게 들썩거릴 뿐 두 손은 한 치도 앞으로 나가지 않았다.

옆에 앉은 소효령이 그 모습을 보고 처음에는 소당림이 장난을 하는 줄 알았다.

소당림이 하는 행동을 보노라면 그렇게밖에는 생각할 수가 없기 때문이다.

한 치 앞의 옥주담자를 잡지 못한다는 것은 말이 되지 않는다. 하지만 지금은 장난을 할 상황도 아니고 그녀가 알고 있는 소당림은 평소에 장난 같은 것은 하지 않는 진중한 성격이다.

그래서 의아한 얼굴을 하며 그녀가 대신 옥주담자를 향해서 한 손을 뻗었다.

"왜 그러느냐? 림아… 아!"

그런데 이번에는 옥주담자를 향해 뻗으려던 소효령의 오른손마저 그 자리에 얼어붙었다.

도무탄은 소당림에 이어서 소효령까지 두 사람을 무형지기로 묶어버렸다.

소당림과 소효령은 혼비백산해서 서로의 얼굴을 마주 쳐다보았다.

둘이 똑같이 이런 일을 당한다는 것은 필경 뭔가 이유가 있다는 생각이 들었다.

그때 두 사람은 거의 동시에 뭔가 번쩍 떠오르는 것이 있어서 도무탄을 쳐다보았다.

하지만 도무탄은 손에 쥔 빈 잔을 소운설이 내민 다른 옥주담자를 향해서 내밀어 그녀가 따르는 술을 받고 있었다. 저런 자세의 그가 무슨 짓을 했을 리가 없다.

스읏—

"허엇!"

그런데 그때 갑자기 몸이 수직으로 둥실 치솟자 소당림은 다급하게 신음을 토했다.

"어어……."

소당림은 자신의 의지하고는 전혀 상관없이 바닥에서 일곱 자나 허공으로 솟구쳤다가 어쩔 새도 없이 문 쪽을 향해 화살처럼 빠르게 쏘아갔다.

슈욱!

"으앗!"

"아앗!"

"림아!"

당사자인 소당림은 처절한 비명을 터뜨렸으며, 그걸 발견한 소운설과 소효령도 기절할 것처럼 비명을 질렀다.

소당림이 앉았던 자리에서 허공으로 떠올라 문까지 이 장반의 거리를 저 속도로 쏘아가 부딪친다면 즉사하거나 반병신이 될 것이 분명했다.

그렇지만 일상급의 실력을 지니고 있는 소당림으로서도

지금 같은 상황에서는 속수무책이다.

제아무리 공력을 일으켜서 쏘아가는 것을 멈추려 해보지만 오히려 속도는 더 빨라진 것 같다.

"흐앗!"

"앗!"

머리가 문 위쪽에 무지막지하게 부딪치기 직전에 소당림과 소운설, 소효령은 자지러지는 비명을 질렀다.

뚝!

그런데 일촉즉발의 순간, 소당림의 머리가 문설주와 한 자쯤 남겨놓은 지점에서 누가 뒤에서 확 잡아당긴 것처럼 정지했다.

그러더니 이번에는 뒤로 줄에 묶인 것처럼 스르르 천천히 되돌아오는 것이 아닌가.

"으어어……."

자신의 몸을 마음대로 제어하지 못하는 소당림은 귀신에 홀린 듯한 소리를 냈다.

소운설과 소효령, 당무기까지 경악해서 지켜보고 있는 가운데 이윽고 소당림은 탁자 위 허공에 이르러서 멈추더니 몸이 저절로 움직이면서 의젓하게 책상다리를 하고 앉은 자세를 취했다.

스으…….

그리고는 탁자에 있던 옥주담자가 저절로 떠올라 그의 손에 살며시 쥐어졌다.

슥…….

그때 도무탄이 빈 잔을 집어 들어 천천히 앞으로 내밀었다.

쪼르르…….

소당림이 허공 일곱 자 높이에서 오른손으로 잡은 옥주담자를 앞으로 기울여서 술을 따르고, 그 술은 작은 물줄기가 되어 그 아래에 있는 도무탄이 내민 빈 잔에 정확하게 떨어져 내렸다.

물론 허공으로 떠오른 것이 소당림 본인의 의지가 아니었던 것처럼, 지금 술을 따르고 있는 것도 절대로 그가 의도한 바가 아니다.

그런데 허공 일곱 자 높이에서 술을 따르면 그 높이에서 낙하하는 속도와 무게에 의해서 술이 제멋대로 튀고 난리가 나야 하는데 술은 한 방울도 튀지 않았으며 조그만 술잔을 가득 채우고 뚝 멈추었다.

소운설과 소효령, 당무기까지도 경이로운 표정으로 그 광경을 바라보았다. 그것은 마치 무릉도원에서 벌어지는 신선들의 유희 같았다.

"고맙네."

그때 도무탄이 술이 가득 담긴 술잔을 입으로 가져가면서 빙그레 미소 지었다.

그제야 소당림을 비롯한 모든 사람은 어떻게 된 일인지 깨달았다.

아니, 어떻게 해서 그런 일이 가능했는지는 모르지만 최소한 소당림이 허공을 날아가고 또 옥주담자로 술을 따른 일련의 해괴한 일들이 도무탄에 의해서 전개되었다는 사실을 알게 되었다. 그것도 그가 손가락 하나 까딱하지 않은 상태에서 말이다.

심지어는 당무기마저도 그게 도무탄의 솜씨일 것이라고는 상상조차 하지 못했었다.

스으으… 척!

"흐으으……."

정신이 먼 곳으로 외출을 해버린 소당림은 오른손에 옥주담자를 쥔 채 느릿하게 하강하여 원래 자신의 자리에 얌전하게 사뿐 앉혀졌다.

도무탄은 소당림을 보면서 엷은 미소를 지었다.

"어떤가? 이 정도면 되겠나?"

"뭐… 뭐가 말입니까?"

아직도 정신을 수습하지 못한 소당림은 퀭한 얼굴로 도무탄을 바라보았다.

"자네가 나더러 어떻게 천궁삼마를 제압해서 이곳에 데려올 거냐고 물었지 않은가?"

"아······."

그거였다. 소당림은 아까 자신이 도무탄에게 물었던 말을 비로소 기억해 내고 크게 놀랐다.

그것에 대한 대답을, 아니, 자신의 능력을 도무탄이 직접 보여준 것이었다.

도무탄은 소당림을 보며 싱긋 웃었다.

"천궁삼마 데려올 수 있겠지?"

소당림은 큰 한숨을 내쉬었다. 자신이 태산을 알아보지 못하고 앞산보다 크냐고 물어봤기 때문이다.

"하아······."

그러더니 소당림은 넙죽 고개를 숙였다.

"누구십니까? 부디 존성대명을 말씀해 주십시오."

"어··· 아직 내 이름 모르나?"

아까 소운설 등의 이름을 들을 때 그게 통성명이라고 여겨서 자신의 이름을 얘기한 줄 알고 있는 도무탄은 고개를 갸웃거리다가 태연하게 말했다.

"나는 도무탄일세."

"도무탄······."

소운설과 소효령, 소당림은 처음 듣는 이름인 듯 서로의 얼굴을 보면서 중얼거렸다.

무림인 대부분은 별호로 불리기 때문에 사실 이름이라는 것은 유명무실하다.

도무탄이 매우 유명한 인물일 것이라고 짐작했던 그들의 얼굴에 실망의 기색이 떠올랐다.

도무탄은 그들이 자신을 알아보든 못하든 상관하지 않고 술을 마셨다.

보다 못한 당무기가 세 사람에게 물었다.

"당신들은 천하육룡이라는 별호를 아시오?"

소효령은 눈살을 찌푸렸다.

"천하에서 그걸 모르는… 아!"

당무기를 꾸짖는 듯한 얼굴로 말하다가 그녀는 뭔가 깨달은 듯이 몸을 움찔 떨었다.

그리고는 곧 도무탄을 뚫어지게 주시하다가 한순간 소스라치게 놀라서 낮게 소리쳤다.

"등룡신권 도무탄!"

소효령이 제일 먼저 깨닫긴 했지만 소운설과 소당림도 간발의 차이로 그 사실을 깨닫고 대경실색한 표정으로 도무탄을 바라보았다.

"정… 말인가요?"

소운설은 티 없이 맑은 커다란 눈을 깜빡거리면서 도무탄에게 물었다.

"뭐가 말이냐?"

"은인께서 천하육룡의 등룡신권이신가요?"

도무탄은 대수롭지 않은 듯 고개를 끄떡였다.

"그렇다."

"아아⋯⋯."

도무탄과 바싹 붙어 앉아 있던 소운설은 놀라서 뒤로 물러
나 우러르듯 그를 바라보았다.

"그리고 설아, 날 은인이라고 부르지 마라."

"그럼⋯⋯."

도무탄이 말하자 소운설은 너무 놀란 나머지 영혼이 없는
듯 중얼거렸다.

"너 좋을 대로 부르되 은인이니 뭐니 그런 걸로는 부르지
않는 게 좋겠다."

"타⋯ 탄 랑이라고 불러."

옆에서 소효령이 급히 소운설의 옆구리를 찌르며 반 강요
하듯이 말했다.

처음에 소효령은 도무탄을 헌신짝 취급을 하더니 지금은
온몸을 던져서 그를 붙잡으려고 하고 있다.

"네, 탄 랑."

소운설은 지금 호칭이 문제가 아닐 정도로 놀라고 있어서
소효령이 시키는 대로 일단 불렀다. '탄 랑'의 '랑'이 정인이

나 남편을 칭한다는 생각이 어렴풋이 들었으나 지금은 그게 중요한 게 아니다.

그리고는 몇 차례 심호흡을 하고 나서 간신히 뛰는 가슴을 진정시키고 물었다.

"정말 탄 랑께서 등룡신권이신가요?"

도무탄은 두 손을 뻗어서 소운설의 둔부를 떠받치듯이 들어 올려서 마치 공을 갖고 놀 듯이 자신의 머리 위로 둥둥 가볍게 띄우면서 나직이 웃었다.

"하하하! 그렇다면 너도 저 친구처럼 허공을 몇 차례 날게 해줘야 믿겠느냐?"

"아아… 탄 랑."

도무탄은 버둥거리는 소운설을 가볍게 품에 안으며 자신의 무릎에 앉혔다.

그는 술에 취하면 함께 술을 마시는 여자를 무릎에 앉혀놓고 희롱하는 못된 습관이 있다. 한매선에게서 배운 기방에서의 술버릇이다.

그리고는 그녀의 뒤에서 허리를 꼭 안고는 귓전에 술 냄새를 확 풍기며 속삭였다.

"내가 네 복수를 해주마. 대신 너는 내 말에 따라줘야겠다. 알았느냐?"

"아아… 탄 랑. 만약 그렇게만 해주신다면 천첩의 목숨을

달라고 해도 드릴 거예요. 탄 랑을 위해서라면 무엇이 아깝겠
어요."

"하하하! 그래야지!"

도무탄은 소운설의 착착 감기는 애교에 기분이 매우 좋아
서 껄껄 웃었다.

이렇게 흥청망청 술을 마시고 기분이 좋아진 것은 예전 태
원성에 있을 때 한매선이나 미림 등과 함께 질펀하게 마시고
놀았을 때 이후 처음인 것 같았다.

"자, 내 술 받아라."

그는 술 한 잔을 입안에 쏟아붓고는 그걸 마시지 않고 입에
머금었다가 소운설의 고개를 돌려 양 뺨을 잡고는 그녀와 입
을 맞추었다.

소운설은 남녀를 막론하고 그 누구하고도 정식으로 입맞
춤을 해본 적이 없었는데, 하물며 타인이 입안에 머금고 있던
술을 입맞춤을 하면서 받아서 마신 적이 있었겠는가.

그렇지만 도무탄의 행동을 보고는 그것이 무슨 뜻인지 즉
시 알아차렸다. 하지만 그것을 거부할 생각은 추호도 없다.

그녀가 눈을 살며시 감고 입을 약간 벌리자 기다렸다는 듯
이 도무탄 입속에 있던 술과 그의 타액이 한꺼번에 쏟아져 들
어왔다.

그녀는 망설이지 않고 술을 삼켰다. 그러자 이번에는 도무

탄의 혀가 입속으로 들어오는가 싶더니 그녀의 혀를 휘어 감아서 빨아 당겼다.

"으음……."

그녀는 등을 도무탄의 가슴에 붙이고 있는 자세에서 고개를 돌린 채 그와 긴 입맞춤을 했다.

단지 혀만 빨리고 있을 뿐인데 온몸에 힘이 다 빠져나가는 것 같고 뭐라고 표현할 수 없을 정도로 기분이 황홀해서 몸을 바들바들 떨었다.

소효령과 소당림은 덤덤한 얼굴로 두 사람의 입맞춤을 쳐다보기만 했다.

상황이 너무 급박하게 돌아가고 있지만 소운설과 등룡신권이 가까운 사이가 되는 것은 나쁘지 않다는 생각이다. 아니, 소운설의 등을 떠밀어서라도 그와 가까운 사이가 되도록 만들고 싶은 심정이다.

사람은 술에 취하면 크게 두 가지 유형으로 나눌 수가 있다. 하나는 그냥 쓰러져서 잠이 드는 것이고, 또 하나는 개가 되는 것이다.

매질에 장사가 없듯이 술에도 장사가 없는 법이다. 술에 취했으면서도 자지 않고 버텨서 깨어 있으면 더 많은 술을 마시게 되고 이성이 마비되어 감정에 몸을 내맡겨서 거의 본능적으로 행동을 하게 된다.

그래서 사람의 성격을 알아보려면 함께 술을 마셔보면 안 다고 하지 않는가.

아무래도 사람의 본성은 개에 가까운 모양이다. 그래서 개처럼 행동하는 것이다.

도무탄은 원래 술에 취해도 개가 되지는 않고 다만 호색한이 될 뿐이다.

아니, 어쩌면 그게 바로 개가 된 것인지도 모른다. 발정 난 수캐 말이다.


소운설은 온몸이 너덜너덜 만신창이가 됐다.

술에 만취한 도무탄이 그녀를 무릎에 앉혀놓고는 별별 짓을 다했기 때문이다.

소운설은 도무탄하고 정사를 하지 않았을 뿐이지 술자리에서 사내가 여자에게 가할 수 있는 거의 모든 애무와 농락을 다 당했다.

많이 취한 도무탄이 예전에 기방에서 기녀들하고 질펀하게 놀던 버릇과 손놀림을 그녀에게 다 사용했으니 그녀가 제정신일 리가 있겠는가.

술자리가 끝난 후에 소운설은 깨끗이 목욕을 했다. 도무탄에게 정갈한 몸을 바치기 위해서다.

아까 도무탄은 목소리를 되찾아주면 그녀에게 원하는 것

이 있다고 말했었다.

그래서 소운설은 그가 자신의 몸을 원하는 것이라고 오해하고 있다.

"설아, 너는 그를 꼭 붙잡아야 해."

사촌 언니 소효령은 그녀의 뒤에 앉아서 긴 머리카락을 빗어주면서 당부했다.

두 여자는 술자리가 끝난 후에 운공조식을 하여 취기를 깡그리 몰아낸 상태라서 정신이 말짱했다.

"그는 너의 목소리를 되찾아주었고 내일이면 우리의 숙원인 복수를 하게 해줄 거야."

소효령은 기대에 찬 표정을 지으며 머리를 빗던 손을 멈추고 단호한 표정을 지었다.

"그것만으로도 우리 세 사람이 평생 그의 종이 되어 모신다고 해도 은혜를 갚지 못할 거야."

소운설은 눈을 내리깔고 가만히 듣기만 했다.

"그를 꼭 붙잡으라는 것은 은혜를 갚으려는 뜻도 있지만 너의 앞날을 위해서 그러는 거야. 만약 네가 그의 아내가 될 수만 있다면 앞으로는 아무 걱정 없이 편하게 살 수 있을 거야."

소효령은 소운설이 아무 말도 없자 고개를 앞으로 쑥 빼서 그녀의 얼굴을 들여다보며 물었다.

"설마 너 그를 좋아하지 않는 거니?"

소운설은 몸을 움찔 떨 만큼 깜짝 놀랐다.

"아냐, 나 그분을 좋아해."

소효령은 흠칫했다.

"아니, 사랑해. 숨이 끊어질 만큼……."

"너……."

소운설은 그윽한 표정으로 맞은편 창을 바라보며 시를 읊조리듯 말했다.

"어떻게 이런 마음이 생길 수 있는 것인지 나 스스로에게 놀라고 있는 중이야."

소효령은 이해할 수 있다는 듯 고개를 끄떡였다.

"그래."

"오늘 밤에 처음 만난 분인데… 그리고 그분에 대해서 조금밖에 모르는데… 그런데도 내 운명을 만난 것 같은 기분이야. 그분이 아니면 절대로 안 된다는 생각이 들 정도야. 정말 신기하지 않아? 사랑이 이렇게 갑자기 찾아올 수 있다는 사실이 말이야."

소효령은 살포시 미소 지었다.

"그런 게 진짜 사랑이야."

"원수를 갚고 나면 무조건 그분을 따라갈 거야."

문득 소효령은 어두운 표정을 지었다.

"그런데 소문에 의하면 천상옥화가 그분의 연인이라고 했어. 그런데도 괜찮겠니?"

소운설은 강한 의지를 내보였다.

"상관없어. 그분의 하녀가 돼서라도 곁에 머물 수만 있다면 그것으로 만족해."


소운설은 속이 훤히 비치는 얇은 나삼만을 몸에 걸친 채 도무탄이 자고 있는 침실로 들어갔다.

휘장이 쳐진 침상에서는 도무탄이 낮게 코를 골면서 자고 있는 모습의 음영이 어렴풋이 보였다.

그녀가 뒤돌아보자 반쯤 열린 문 밖에서 소효령이 주먹을 쥐어 보이면서 힘을 내라는 시늉을 하고는 살며시 문을 닫아 주었다.

소운설은 사뿐사뿐 걸어서 침상으로 다가가 휘장을 살짝 걷고 안으로 들어섰다.

도무탄이 옷도 벗지 않은 채 네 활개를 치고 기세 좋게 자고 있는 모습을 보면서 개구쟁이 같다는 생각에 그녀의 입가에 절로 미소가 피어났다.

그녀는 침상가에 살며시 앉아서 그의 모습을 잠시 말끄러미 바라보았다.

함께 술을 마실 때에는 가까이 붙어 앉아 있었기 때문에 잘

몰랐었는데 지금은 그의 전신을 한눈에 보니까 매우 큰 키에
늘씬하면서도 어깨와 가슴이 우람했다. 거기에 비하면 소운
설은 어린아이 같았다.

그래서 저 품에 안기면 무척 포근하고 안정감이 있을 것이
라는 생각이 문득 들었다.

저 사람이 아까 그녀를 무릎에 앉히고 깊은 입맞춤을 하고
나서는 젖가슴과 온몸 구석구석 더듬었던 기억을 떠올리자
갑자기 얼굴이 확 달아올랐다.

깨끗하게 목욕을 했지만 그의 손길이 닿았던 곳에는 불로
지진 듯한 화인(火印)이 뚜렷하게 새겨져 있는 듯해서 아직도
화끈거림이 지워지지 않았다.

그는 만취한 상태에서도 다른 사람들이 볼까 봐 그녀의 상
의 밑으로 손을 넣어 젖가슴을 주무르고 또 치마 속으로 손을
넣어 은밀한 부위를 만졌었다.

그게 술에 취해서 한 행동인지 그녀를 원하기 때문에 그런
것인지 분명하지 않았지만 그녀는 후자일 것이라고 굳게 믿
었다.

소효령과 소당림, 당무기가 그의 그런 행동을 적나라하게
보지는 못했겠지만 그가 무슨 짓을 하는지는 짐작하고도 남
았을 터이다.

그렇지만 그러는 상황에서도 소운설은 희한하게도 추호도

싫다는 느낌이 들지 않았었다.

그래서 한 번도 몸을 뒤채거나 저항하지 않았으며 오히려 기꺼이 그의 손길이 닿는 곳마다 몸을 열어 그의 음탕한 손장난에 동참을 했었다.

그때 문득 그녀의 눈길이 도무탄의 하체로 향했다. 그곳이 높다랗게 불룩 솟아올랐기 때문이다.

저게 무엇일까 잠시 생각하던 그녀는 갑자기 나직한 신음을 터뜨리며 급히 외면했다.

"아!"

남자의 그것이 크게 발기해 있다는 것을 깨달은 것이다.


슥—

소운설은 나신이 되어 도무탄 옆에 그를 향해 옆으로 가만히 누웠다.

조금 전에 그의 몸집이 하도 커서 자신이 어린아이 같다는 생각이 들었는데, 막상 그의 옆에 누워보니까 두 사람의 체구가 제대로 비교가 됐다.

그런데 이것은 어른과 어른아이가 아니라 아버지와 어린 딸이 나란히 누워 있는 것 같았다.

옆으로 누워서 웅크리고 있는 소운설의 나신은 그야말로 완벽한 절대미의 화신 같았다.

그녀는 도무탄에게 순결을 바치리라 결심했고 그래서 목욕재개를 한 후에 나신으로 그의 옆에 누웠으나 이제부터 어떻게 해야 하는지 아무것도 알지 못해서 막막했다. 도무탄을 깨워야 하는 것인지 아니면 자신이 뭔가 행동을 취해야 하는지 갈피를 잡을 수가 없다.

십오 세 어린 나이에 가문이 멸문지화를 당한 이후, 그녀에게 아무도 여자의 도리나 행실, 남자와 정사를 할 때는 어떻게 해야 하는지 가르쳐 준 사람이 없었다. 그런 것은 통상적으로 모친이 가르쳐 주는데 그녀의 모친은 이미 칠 년 전에 저세상 사람이 되었다.

슥―

한참 동안 가만히 있다가 그녀는 가만히 손을 뻗어 도무탄의 가슴에 얹었다. 그것이 지금 그녀가 할 수 있는 최선의 행동이다.

"드르렁……."

그렇지만 그는 나직하게 코를 골면서 잘 뿐 자기 옆에 소운설이 순결을 바치려고 나신으로 누워 있다는 사실조차도 모르고 있다.

# 第八十九章

각자의 길

등롱기

늦은 새벽녘에 깜빡 잠이 들었던 소운설은 가만히 눈을 뜨다가 자신이 잠이 들었었다는 것을 깨닫고 깜짝 놀라 상체를 일으켜 앉았다.

그녀는 처음 침상에 누울 때처럼 여전히 나신이고 도무탄 역시 팔다리를 대자로 벌린 채 코를 골면서 자고 있다. 아무런 변화가 없었다.

도무탄에게 순결을 바치려고 했던 그녀는 그냥 그의 옆에서 자다가 깨어났다.

창을 통해서 아침햇살이 비추는지 실내는 부윰한 고요함

에 잠겨 있었다.

소운설은 나직이 코를 골면서 자고 있는 도무탄을 잠시 굽어보다가 침상에서 내려와 침상 아래에 벗어놓은 나삼을 입고 방을 나갔다.


그날 밤, 파양현 외곽 창강 강변에 위치한 수라전.

스읏―

어둠과 적막에 잠긴 수라전의 담을 하나의 검은 인영이 낮게 날아서 넘어 밖으로 나왔다.

달도 없는 캄캄한 한밤중에 수라전 담을 넘은 검은 인영의 모습은 잘 보이지 않았다.

검은 인영은 강을 끼고 곧게 뻗어 있는 강둑길을 빠르게 내달리기 시작했다.

발은 거의 바닥에 닿지 않으면서 행운유수처럼 일말의 기척도 없이 지상에서 반 장 높이 허공을 미끄러져 갔다.

그가 전개하는 경공술은 천하제일의 도둑이라고 일컫는 비류일성 녹향의 독문경공인 비류행 중에 비행이라는 상승수법이다.

이 강둑길은 외길이다. 길의 한쪽 끝은 수라전이고 반대쪽 끝은 관도와 이어져 있다.

검은 인영은 다름 아닌 도무탄이다. 야행(夜行)에는 흑의가 제격이기에 당무기더러 한 벌 구해 오라고 해서 갈아입은 모습이다.

그의 손에는 하나의 커다란 자루가 쥐어져 있는데 자루가 너무 크기 때문에 지상에서 반 장 높이로 떠올라 쏘아가고 있는 것이다.

자루가 꽤 큰 데 비해서 그가 자루의 주둥이를 묶은 밧줄을 잡고 가는 모양새는 마치 자루 속에 솜이 잔뜩 든 것처럼 가벼워 보였다.

사실 자루 안에는 천궁삼마 세 명이 제압되어 구겨진 채 들어 있다.

일각 전에 수라전에 잠입한 도무탄은 순찰을 도는 수라귀수 두 명을 제압하여 천궁삼마가 있는 곳을 알아내고는 그들을 그 자리에서 죽여 은밀한 곳에 감추었다. 수라귀수들이 도무탄의 얼굴을 보았고, 그가 천궁삼마의 거처를 물었기 때문에 나중에 귀찮아질까 봐 죽인 것이다.

이후 그는 천궁삼마의 거처에 잠입하여 세 명을 제압했다. 일이 너무 잘 풀리려니까 세 명은 술을 마시는 중이었으며 꽤 취한 상태라서 매우 손쉽게 세 명을 한꺼번에 제압할 수 있었다.

여북하면 천궁삼마는 자신들이 누구에게 제압된 것인지도 모르는 상태였겠는가.

도무탄은 수라마룡하고 적이 되는 것을 원하지는 않기 때문에 수라전에서 소란을 피우지는 않았다.

하지만 자신과 가까운 사이가 된 소운설의 복수를 해주는 일은 별개라고 생각했다.

그가 수라전의 담을 넘은 지 열 호흡쯤 지나 강둑길과 관도가 합쳐지는 곳에 이르렀을 때, 관도의 왼쪽 구부러진 곳에서 강둑길 쪽으로 다섯 명의 흑의 고수가 경공술을 전개하여 달려오고 있는 광경을 발견했다.

도무탄은 그들이 구부러진 길에서 강둑길로 들어서자마자 발견했지만 그들은 아직 도무탄을 발견하지 못했다.

거리가 사백여 장에 이르고 도무탄에게서 파공음이 전혀 나지 않기 때문에 그들이 그를 발견하려면 좀 더 시간이 걸릴 터이다.

스으……

순간 지상에서 반 장 높이로 비행하던 그의 몸이 갑자기 거의 수직으로 솟구쳐 올랐다.

순식간에 지상 십여 장 높이로 떠오른 그는 그 상태로 비행하여 다섯 명의 흑의 고수, 즉 수라전의 수라귀수들을 저 아래쪽으로 흘려보냈다.


쏴아아… 철썩……

칠흑 같은 한밤중. 인적 없는 파양호 호숫가 백사장에는 파도 소리만 들려오고 있다.

백사장 안쪽에는 커다란 바위들이 여기저기 난립해 있는데 그중의 어느 바위 뒤에 소운설과 소효령, 소당림, 당무기 네 사람이 모여 서 있다.

반 시진 전에 소운설과 소효령, 소당림은 당무기를 따라서 이곳에 나왔다.

당무기의 말에 의하면 도무탄이 이곳으로 천궁삼마를 데려온다고 했다는 것이다.

도무탄의 말이라면 철썩같이 믿고 있는 소씨 삼 남매지만 과연 그가 수라전 안에 잠입하여 천궁삼자 세 명을 한꺼번에 납치해 올 수 있는지는 반신반의하는 마음을 떨쳐 버리기가 어려웠다.

소씨 삼 남매는 모두 경장 차림에 어깨에는 한 자루씩의 검을 메고 있다.

상황이 상황이니만큼 최대한 준비를 갖춘 것이다. 또한 천궁삼마를 죽이려면 검이 필요하다. 기회가 주어진다면 천궁삼마를 난도질해서 죽일 것이다.

당무기 혼자만 나지막한 돌에 앉아 있고 소씨 삼 남매는 선 채로 초조하게 서성거리고 있다.

이들 네 명은 도무탄을 기다리는 반 시진 동안 한마디도 나누지 않았다. 대신 마음속으로 수만 가지 복잡한 생각을 하고 있는 중이다.

"오래 기다렸느냐?"

"앗!"

"허엇!"

그런데 갑자기 네 사람의 머리 위에서 느닷없이 조용한 말소리가 들리자 누구 할 것 없이 네 사람 다 소스라치게 놀라 다급한 신음을 터뜨렸다.

네 사람이 반사적으로 공격 자세를 취하면서 위를 쳐다보다가 커다란 자루를 손에 쥔 도무탄이 느릿하게 스르르 하강하고 있는 모습을 발견하고 더욱 놀랐다.

"탄 랑……."

"도 대협."

하강하던 도무탄은 지상에서 일 장 높이에 멈추고는 손에 쥐고 있는 자루를 슬쩍 들어 보였다.

"여기 천궁삼마를 잡아 왔다."

"아아……."

"오오… 마침내……."

소씨 삼 남매는 자신들의 귀를 의심하면서도 얼굴 가득 흥분이 떠올랐다.

도무탄은 자루의 주둥이를 풀어서 뒤집어 속에 든 내용물을 바닥에 쏟아냈다.

쿵… 쿵… 퍽!

천궁삼마 세 명이 바닥 모래에 우르르 떨어졌다.

당무기가 엎어졌거나 쓰러져 있는 세 명을 하나씩 들어다가 한쪽 바위 앞에 일렬로 앉혔다.

도무탄은 한쪽 구석의 바위 귀퉁이 툭 불거진 부위에 살며시 내려앉아 다리를 꼬았다.

"천궁삼마가 맞는지 확인해 봐라."

소씨 삼 남매는 경직된 표정으로 눈을 크게 뜨고 천궁삼마 앞에 바싹 다가가서 살펴보았다.

이들은 지난 칠 년여 동안 천궁삼마에 대해서 집중적으로 조사를 했기 때문에 그들에 대해서는 어느 것 하나 모르는 게 없을 정도다. 그렇기 때문에 얼굴을 알아보는 것은 가장 기본적이다.

"틀림없어요."

소운설이 분노와 원한으로 눈물을 글썽이면서 천궁삼마를 쏘아보며 말했다.

이들 소씨 삼 남매는 비록 천궁삼마에게 가까이 접근하지는 못했었지만 먼발치에서나마 그들을 보면서 원한을 삼켰던 적이 한두 번이 아니었다.

소당림이 왼쪽에서부터 차례로 천궁삼마를 한 명씩 가리

키며 이를 갈 듯이 설명했다.

"이놈이 대마, 이놈이 삼마, 이놈이 이마입니다. 칠 년 전에 백부께서 죽인 놈은 사마였습니다."

천궁삼마는 도무탄에게 마혈과 아혈이 제압된 상태이기 때문에 움직이지 못할뿐더러 말도 하지 못하는 상황인데, 술을 많이 마신 상태에서 제압되었기 때문에 정신이 몽롱해 있는 모습이다.

창!

"내 이놈들을 당장……."

"오라버니, 잠깐 기다려요."

소당림이 씨근거리면서 검을 뽑으며 천궁삼마에게 다가들자 소운설이 만류했다.

"왜 그러느냐?"

"이놈들은 지금 술이 몹시 취한 것 같아요. 그렇다면 자신들이 왜 죽어야 하는지도 제대로 알지 못할 테고, 죽는 순간에 처절하지도 않을 거예요."

"그렇지만 이놈들의 술이 언제 깰지 알고 무작정 기다린다는 말이냐?"

"칠 년을 기다렸는데 그까짓 술 깨는 시간 동안 기다리지 못하겠어요?"

"음."

소운설이 맞는 말을 했지만 소당림은 불만인 듯 오른손에 쥔 검을 허공에 이리저리 휘두르며 좁은 공간을 오락가락 걸어 다녔다.

"내가 해결해 주마."

그때 도무탄이 천궁삼마를 향해 한 손을 뻗으며 말했다.

사실 그는 일부러 손을 뻗을 필요까지는 없지만 소씨 삼 남매가 그의 의도를 알아볼 수 있도록 손을 뻗어서 공력을 발출한 것이다.

순간 천궁삼마가 동시에 몸을 세차게 부르르 떠는데, 그들의 머리 꼭대기 정수리에서 흐릿한 수증기가 뿜어져서 허공에 흩어졌다.

그들의 체내에 있던 취기가 도무탄에 의해서 강제로 뽑혀져서 기체로 변하여 증발한 것이다.

술이 완전히 깨서 깨끗한 정신 상태가 된 천궁삼마는 눈을 커다랗게 뜨고 껌뻑거리면서 부지런히 눈알을 굴렸다. 자신들이 어째서 이곳에 있으며 지금이 어떤 상황인지 이해하려는 부산한 움직임이다.

천궁삼마의 첫째인 대마는 오십 대 중반이고 이마와 삼마는 사십 대 중, 후반의 나이로 보였다.

세 명 다 한눈에도 마도인이라는 것을 알 수 있을 정도로 으스스하게 생겼으며, 특히 대마는 머리카락이 녹색이어서

더욱 섬뜩한 외모를 지녔다.

"탄 랑, 이놈들 아혈을 풀어주시겠어요?"

소운설은 천궁삼마에게서 시선을 거두지 않은 채 도무탄에게 부탁했다.

그녀의 말에 도무탄이 슬쩍 소매를 흔들었으며 그와 동시에 아혈이 풀린 천궁삼마가 한꺼번에 고함과 욕설을 쏟아냈다.

"네놈들은 누구냐?"

"육시랄 연놈들아! 당장 혈도를 풀지 않으면 갈가리 찢어 죽이겠다!"

"이놈들! 우리가 누군 줄 알고 감히!"

따따딱!

"억!"

"큭!"

"크으⋯⋯."

순간 천궁삼마는 욕설을 뱉자마자 머리가 깨질 것 같은 고통에 진득한 신음을 토해냈다. 도무탄이 무형지기로 꿀밤을 한 대씩 날린 것이다.

도무탄은 팔을 뻗어 소운설을 가리키면서 천궁삼마에게 경고했다.

"지금부터 저 소저가 묻는 말에 대답만 해라. 이를 어기는 놈은 대갈통이 깨질 것이다."

천궁삼마는 자신들의 오른쪽에 앉은 도무탄을 보려고 눈동자를 있는 힘껏 오른쪽으로 굴렸으나 그의 모습은 보이지 않았다.

"넌 누구냐?"

도무탄이 금방 소운설이 묻는 말에 대답만 하라고 경고했는데도 대마는 아랑곳하지 않고 도무탄을 보려고 눈초리를 찢을 것처럼 비틀면서 물었다.

도무탄은 그 정도는 용서해 주기로 했다. 놈들이 자신이 상대하고 있는 사람이 누군지 알아야지만 얌전해질 것 같기 때문이다.

"난 해룡방주다."

천궁삼마는 눈을 껌뻑거리면서 해룡방주가 도대체 뭔지 부산하게 머리를 굴리다가 삼마가 갑자기 똥침을 당한 것처럼 자지러지며 외쳤다.

"등룡신권!"

그때부터 천궁삼마는 눈에 띄게 공손해졌다.


"음… 그렇다면 너희는 은하소가와 진현소가의 자식들이로구나."

소당림이 칠 년 전에 천궁삼마가 남경성의 은하소가와 강녕현의 진현소가를 멸문시켰던 것에 대해서 자세히 설명을 하자 대마가 묵직하게 중얼거렸다.

소효령이 이를 바득바득 갈면서 대마를 노려보았다.

"그렇다. 이제 네놈들을 죽여서 억울하게 먼저 가신 백이십삼 명의 원혼을 달랠 것이다."

대마는 눈동자를 굴려서 보이지 않는 도무탄 쪽을 향하면서 처연하게 웅얼거렸다.

"등룡신권이 아니었으면 너희가 복수를 할 기회는 영원히 없었을 것이다."

그것은 사실이다. 천궁삼마의 실력이라면 그들 중에 한 명이 소운설과 소효령, 소당림 세 명을 한꺼번에 상대해서도 이길 수 있을 테니까 말이다.

천궁삼마는 자신들이 곧 죽게 될 것이라는 사실을 알면서도 전혀 두려워하지 않았다.

마도인은 다 그런 것인지 아니면 천궁삼마쯤 되는 거물이라서 그런 것인지 문득 도무탄은 궁금해졌다. 그래서 앉아 있는 곳에서 훌쩍 날아 그들의 면전에 스르르 내려서면서 물었다.

"너희는 죽는 게 두렵지 않으냐?"

천궁삼마는 비로소 등룡신권을 눈앞에서 보게 되어 부지런히 눈동자를 굴리며 그를 살펴보았다.

"인간은 언젠가 한 번은 죽는다."

이윽고 대마는 대수롭지 않게 대답했으며 옆의 이마와 삼마도 느긋한 표정이다.

"억울하지 않느냐?"

대마는 코웃음을 쳤다.

"지금껏 살아오면서 누릴 것 다 누려봤고 수백 명을 죽여봤으니까 억울할 것 없다."

당무기가 옆에서 참견을 했다.

"마도인은 대부분 죽음에 초연한 편입니다."

도무탄은 신기하다는 표정을 지었다.

"죽으면 모든 것을 다 잃는데도 초연하다는 말이지?"

삼마가 툴툴 웃으며 도무탄의 의문을 풀어주었다.

"인생이란 게 어차피 도박이 아니냐? 모든 걸 다 갖거나 잃는 것, 뭐 그런 거지."

"도박이라……."

도무탄은 '마도' 라는 것에 대해서 조금은 이해를 했다. 그들의 삶은 극단적이라는 것이다. 모두 갖거나 모두 잃는 것, 즉 도박이다.

문득 도무탄은 한 가지 궁금한 게 생겼다.

"수라마룡은 어딜 갔느냐?"

"호북성 추혼마교(追魂魔敎)를 정벌하러 가셨다."

"추혼마교?"

당무기가 옆에서 설명했다.

"호북성 마도 중에서 가장 세력이 큰 교파(敎派)입니다."

도무탄은 의아한 표정을 지었다.

"수라마룡은 마도를 일통한 것이 아니었느냐?"

대마는 씁쓸한 표정을 지었다.

"표면적으로는 그렇다고 할 수 있는데… 사실은 절반만 일통한 것이다."

도무탄은 어이없는 표정을 지었다. 그가 수하로 거둔 혈마루주 중경의 말과 다르기 때문이다.

"수라마룡이 마도구파를 비롯하여 천육백여 마도 방, 문파를 굴복시킨 것이 아니었느냐?"

"후후… 그건 맞다."

대마는 인정을 하면서도 의미심장하게 미소 지었다. 그를 보면 조금도 죽음을 앞둔 사람의 모습이 아니다.

"천하에 마도방파가 얼마나 된다고 생각하는 것이냐?"

"얼마나 되느냐?"

"자그마치 일만 개다."

"일만 개…….."

"그러니까 마도 각 지역의 우두머리인 마도구파와 일급방파 천육백여 개를 굴복시키면 마도의 절반을 장악했다고 볼 수 있다."

대마는 자신의 목숨을 포기했는지 도무탄이 궁금한 것을 술술 말해주었다.

"문제는 장강 이북, 즉 강북무림이다. 그중에서도 소림사와 무당파, 화산파, 아미파 등 구대문파가 있는 지역의 마도 방파들에게는 아직 손도 대지 못하고 있는 실정이다."

"그렇군."

도무탄은 어떻게 된 일인지 비로소 이해했다. 수라마룡이 전주로 있는 수라전이 마도제일방파인 것은 분명하지만 아직 마도를 완벽하게 일통한 것은 아니다.

그 이유는 절세불련의 우두머리와 중추적인 역할을 하는 소림사를 비롯한 구대문파가 버티고 있는 지역의 마도방파들을 굴복시키지 못했기 때문일 것이다.

그런데 이번에 수라마룡이 호북성에 있다는 추혼마교를 정벌하러 갔다고 한다.

호북성 북부지역에는 무당파가 있으며 소림사도 멀지 않은 곳에 위치해 있다.

그러므로 수라마룡이 추혼마교를 정벌하는 일은 녹록하지 않을 터이다.

어쩌면 무당파와 충돌이 일어날 수도 있는데 수라마룡은 그걸 알면서도 갔다는 것이다.

그런 상황이면서도 수라마룡은 마도일통과 천하무림의 일통이라는 대업을 동시에 추진하고 있다.

욕심이 과하다. 그것은 자칫 사상누각(沙上樓閣)의 위험을 초래할 수도 있다.

도무탄은 천궁삼마에게 더 이상 볼일이 없다고 생각하여 발이 바닥에 닿지 않은 상태에서 뒤로 스르르 물러나면서 소운설 등에게 말했다.

"이제 이들을 죽이게."

천궁삼마가 애걸복걸하면서 목숨을 구걸한다면 복수가 더욱 통쾌할 터이다.

하지만 그러지 못해서 소운설 등의 마음이 개운하지 못할 것이라는 생각이 들었다.

"우리 세 사람이 동시에 이들을 죽여요. 소매가 대마를 죽이겠어요."

소운설은 그렇게 말하면서 대마 앞에 섰고, 소효령과 소당림이 각각 이마와 삼마 앞에 다가섰다.

대마는 눈을 치뜨고 소운설을 보면서 마기가 자욱한 미소를 흘렸다.

"흐흐흐… 주군께서 네년을 귀여워하시는 것으로 아는데, 이제 보니 네년은 등룡신권의 여자였구나."

소운설은 싸늘한 얼굴로 대마의 얼굴에 침을 뱉었다.

"퉤엣! 그걸 이제 알았느냐?"

침이 대마의 뺨에 맞아서 그가 얼굴을 찡그릴 때 소운설의 검이 번쩍 허공을 갈랐다.

쐐액!

번뜩이는 검광이 좌우 십자로 그어졌다.

"끅!"

짧은 신음과 함께 대마의 몸뚱이가 네 토막이 났다. 가로로 그은 검이 목을 자르고 세로로 내려친 검이 정수리에서 사타구니까지 갈랐다.

순간 소효령과 소당림의 검이 번뜩였으며 이마와 삼마는 답답한 신음을 토하며 몸뚱이가 여러 토막이 나서 앞서거니 뒤서거니 황천으로 떠났다.

소씨 삼 남매는 그 자리에 우두커니 서서 토막 난 천궁삼마를 굽어보았다.

도살장처럼 변했던 은하소가와 진현소가의 참혹한 광경을 보고 혼절했었던 때로부터 장장 칠 년여 동안 천궁삼마에게 복수를 하기 위해서 절치부심했었던 뼈아픈 나날들이 주마등처럼 뇌리를 스쳐 지나갔다.

통쾌함과 허무함, 기쁨과 애절함이 범벅이 되어 네 사람의 마음을 훑고 지나갔다.

비록 자신들의 능력으로 천궁삼마를 처단하지 못하고 도

무탄의 힘을 빌었으나, 원수들의 목을 자르고 몸뚱이를 자른 것은 이들의 검이었다.

앞으로 도무탄을 평생 따르면서 은혜를 갚는다면 나중에 저승에 가서도 마음 편히 부모님과 형제들, 식솔들을 만날 수 있으리라.

"으흐흑!"

소운설과 소효령은 동시에 감격에 겨워서 흐느껴 울며 그 자리에 주저앉았다. 소당림은 우두커니 선 채 굵은 눈물을 뚝 뚝 흘렸다.


도무탄 일행은 천궁삼마의 시체를 땅속에 깊이 파서 감쪽 같이 묻어 흔적을 없앤 후에 적화루로 돌아왔다.

"엄 대인께서 찾으십니다."

소운설이 자신의 방에서 옷을 갈아입으려고 할 때 그녀의 수족이나 다름이 없는 하녀가 조심스럽게 알려주었다.

"엄 대인께서 아까부터 루주를 찾으셨습니다."

하녀가 나간 후에 소운설은 도무탄이 궁금하게 여길까 봐 설명해 주었다.

"엄홍기(嚴洪基) 대인은 이곳 적화루의 주인이에요."

도무탄은 알았다는 듯 가볍게 고개를 끄떡였다. 소운설은 일개 기녀로서 루주의 지위에 오른 것이지 적화루의 주인이 아니다.

그것은 적화루뿐만이 아니라 천하 대부분의 주루가 그런 식으로 운영되고 있다.

휘장 너머에서 경장을 벗고 검을 잘 감춘 다음에 평소처럼 하늘거리는 선녀의 복장으로 갈아입은 소운설이 도무탄에게 다가와 고즈넉이 말했다.

"금세 다녀올게요. 탄 랑께선 술 한잔하시면서 잠시만 기다리고 계세요."

"같이 가자."

도무탄이 따라나서자 소운설은 의아한 표정을 지었다.

"왜요?"

"너에게 이 기루를 사주마."

"네에?"

소운설이 크게 놀라서 눈을 동그랗게 뜨는 것을 보면서 도무탄은 자신의 뜻을 밝혔다.

"여길 운영하면서 살면 너와 언니, 오라비는 평생 걱정 없이 살 수 있을 것이다."

"어째서……"

소운설의 얼굴빛이 흐려졌다.

"소녀는 탄 랑을 따라가는 것이 아닌가요?"

그런 줄로만 믿고 있었던 그녀로서는 도무탄의 말이 청천

벽력이 아닐 수가 없다.

도무탄은 고개를 가로저었다.

"아니다. 너는 네 갈 길을 가야 한다."

"그렇지만……."

소운설은 딛고 선 바닥이 아래로 푹 꺼져서 몸이 끝없이 추락하는 절망감을 느꼈다. 하지만 그녀는 곧 자세를 바로 하고 단아하게 말했다.

"잠시만 계세요. 다녀와서 말씀 나누도록 해요."

"그러자꾸나."

고개를 끄떡인 도무탄은 소운설이 힘없는 모습으로 걸어가는 뒷모습을 물끄러미 바라보았다.

사실 그는 소운설이 무엇을 원하고 있는지 잘 알고 있다. 여자에 대해서는 귀신인 그가 소운설의 말과 행동을 보고서도 모를 리 있겠는가.

하지만 더 이상 여자를 거두는 것은 자제해야만 한다. 독고지연과 은한 자매에 이어서 고옥군까지 이미 세 명의 여자가 있지 않은가.

그런 상황이거늘 다시 소운설까지 거둔다면 그녀들을 볼 면목이 없다.

한 가지 다행스러운 일은 그가 소운설을 자신의 여자로 거두어야만 하는 짓, 즉 책임질 짓을 아직까지는 저지르지 않았다는 사실이다. 그것은 그 자신이 생각을 해봐도 참으로 대견한 일이다.

어젯밤 술이 많이 취했을 때 그는 소운설의 온몸 구석구석을 더듬으면서 욕정이 머리 꼭대기까지 차올랐었다. 그런데도 끝까지 인내하면서 그녀를 취하지 않고 그냥 잠이 들어버렸다.

그는 이대로 가다가는 결국 욕정의 막바지에 도달해서 그녀를 취할 수밖에 없을 것 같아서 일찌감치 잠이 들어버렸던 것이다.

그가 소운설을 취할 수 없는 또 다른 이유가 있다. 그녀를 이용해서 수라마룡과 협상을 계획하고 있기 때문이다.

수라마룡이 소운설을 연모하고 있다는 사실을 알게 된 순간 한 가지 계책이 머리를 스치고 지났다.

사실 계책이라고 할 것까지도 없다. 수라마룡에게 소운설이라는 제물을 바치는 대신 천하무림을 일통시키려는 그의 대업을 포기하라고 요구할 생각이다.

천하대업을 한 여자 때문에 포기한다는 것은 말도 되지 않는다고 생각할 수 있다.

하지만 몇몇 남자에게 절세미인은 종종 천하하고도 비견되기도 한다.

그래서 어떤 영웅은 절세미인을 얻은 것을 천하를 얻은 것에 비교하기도 한다.

　도무탄은 부디 수라마룡이 소운설을 얻는 것으로 천하대
업을 포기하기를 바라고 있다.

　또 한 가지 좋은 소식은, 수라마룡이 아직 마도조차도 일통
하지 못했다는 사실이다.

# 第九十章

장사꾼

소운설이 잠시 손님의 부름을 받고 기방으로 간 사이에 도무탄은 적화루의 주인 엄홍기를 만나러 갔다. 그와 개인적으로 할 얘기가 있어서다.

"엄 대인, 뵙고 싶다는 분이 계십니다."

엄홍기가 있는 문 밖에서 도무탄을 안내한 적화루의 총관 소효령이 공손한 목소리로 안쪽에 알렸다. 도무탄은 그녀 뒤에 뒷짐을 지고 묵묵히 서 있다.

엄홍기는 집이 따로 있어서 생활은 거의 집에서 하지만 이따금 적화루에서 잘 때도 있다고 조금 전에 소효령이 귀띔을 해주었다.

"안으로 모셔라."

안에서 잔잔한 노인의 목소리가 흘러나왔다.

척—

소효령이 문을 열어주고 도무탄이 안으로 들어가기를 기다렸다가 따라서 들어왔다.

천천히 걸어 들어가던 도무탄은 안쪽 후미진 곳 푹신한 의자에 파묻히듯 앉아서 차를 마시고 있는 한 명의 노인을 발견하고 그쪽으로 걸어갔다.

머리카락과 길게 기른 수염이 온통 갈대꽃처럼 눈부신 흰색의 칠십 대 노인은 찻잔을 두 손으로 감싸고 인자한 미소를 지으며 도무탄을 바라보았다.

도무탄은 노인 앞에 걸음을 멈추고 자세를 바로 한 후 정중하게 포권을 취했다.

"처음 뵙겠습니다."

"누구시오?"

노인은 처음 보는 사람인데도 전혀 경계하지 않았다.

"지금부터 이 자리에서 우리가 나누게 될 대화를 누구에게도 발설하지 않겠다고 약속할 수 있습니까?"

노인 엄홍기는 도무탄 옆에 서 있는 소효령을 의아한 표정으로 쳐다보았다.

"이 사람 누군가?"

"엄 대인, 이분은 적화의 정인(情人)입니다."

"적화의 정인?"

노인은 적잖이 놀란 얼굴로 도무탄을 쳐다보더니 일어나서 탁자의 맞은편을 가리켰다.

"앉으시오."

도무탄이 앉자 엄홍기는 인자한 미소를 지었다.

"적화에게 연인이 있었다니 꿈에도 몰랐소."

적화 소운설은 적화루 그 자체다. 그녀가 있기에 적화루가 존재하고 있는 것이다.

그러므로 적화에게 정인이 생겼다는 사실은 주인인 엄홍기에게는 불행이라고 할 수 있다.

왜냐하면 최고 인기의 기녀가 장사에는 신경을 쓰지 않고 정인에게만 정신이 팔려 있을 테고, 자칫하면 정인과 함께 자신들의 보금자리를 찾아서 훌쩍 떠나 버릴 수도 있기 때문이다.

그런데도 엄홍기는 당황하거나 불쾌한 표정을 짓지 않고 시종 미소를 잃지 않았다.

"적화 덕분에 나는 돈을 많이 벌었소. 그러니까 이제 적화가 떠난다고 해도 붙잡지 않겠소. 노부가 얼마간의 돈을 줄 테니 부디 적화하고 행복하게 사시오."

그는 많이 앞질러 갔다. 도무탄이 적화하고 떠나겠다고 말하러 온 것이라 오해를 한 모양이다.

그렇다고 해도 그는 매우 양심적이고 인자한 사람인 것만은 분명했다.

이런 경우가 발생하면 기루 주인은 십중팔구 무슨 수를 써서라도 기녀를 붙잡거나 기녀의 정인에게 해코지를 할 텐데 외려 돈까지 줘가면서 두 사람의 행복을 빌어주고 있지 않은가.

"보다시피 나는 나이가 매우 많아서 기루를 운영하는 것이 버겁소. 그래서 적화가 떠나면 이곳을 정리한 후에 여생을 할망구하고 편히 보내고 싶소."

엄홍기는 수염을 쓰다듬으면서 이미 은퇴를 하여 호수에 낚싯대를 드리운 듯한 표정을 지었다.

도무탄은 엷은 미소를 지었다.

"저는 적화와 떠나지 않습니다. 제가 드릴 말씀은, 적화루를 저에게 팔라는 것입니다."

"허어… 그게 정말이오?"

도무탄의 난데없는 말에 엄홍기는 믿어지지 않는 듯 어리둥절한 표정을 지었다.

그러나 엄홍기보다 더 놀란 사람은 소효령이다. 그녀는 설마 도무탄이 적화루를 사려는 줄은 꿈에도 몰랐다. 또한 그가 적화루를 사서 무엇을 하려는 것인지에 대해서는 더더욱 짐작조차 하지 못했다.

"얼마를 제시하시든 그 가격에 사겠습니다."

도무탄은 가진 것이 돈밖에 없는 사람처럼 호기롭게 말했다.

그러나 엄홍기는 기루의 가격에는 별 관심이 없는 것처럼 보였다.

"이걸 사서 무엇 하려는 게요?"

"적화에게 줄 겁니다."

"호오……."

뜻밖이라는 듯 탄성을 터뜨리는 엄홍기보다 더 놀란 사람은 소효령이다. 그녀는 옆에 서서 도무탄을 쳐다보며 입을 크게 벌리고 있다.

"조금 전에 귀공이 누구라고 말했었소?"

도무탄은 다시 포권했다.

"말씀드리지 않았습니다. 저는 도무탄이라고 합니다."

"흠. 좋은 이름이오."

엄홍기는 도무탄이 요즘 천하를 들썩이게 하고 있는 해룡방주라는 사실을 모르는 듯했다. 아니, 해룡방이라는 것이 존재하는지도 모르는 사람 같았다.

모르면 모르는 만큼 걱정거리가 없다고 하는데 그는 그런 종류의 사람 같았다.

그는 찻잔을 내려놓더니 크게 고개를 끄떡였다.

"좋소. 기꺼이 적화루를 팔겠소. 단 조건이 있소."

도무탄은 엄홍기가 순순히 적화루를 팔겠다고 하자 뜻밖이라는 표정을 지었다.

"무슨 조건입니까?"

"도 상공이 제시하는 가격에 팔겠소. 그게 노부의 한 가지 조건이오."

이것 역시 도무탄이 전혀 예상하지 못했던 일이다. 원래 거래라는 것은, 팔려는 사람은 되도록 비싸게, 사려는 사람은 싸게 사려는 것이 기본이거늘 엄홍기는 그것을 도무탄에게 맡겨 버렸다.

"허어……."

"도 상공이 한 냥을 낸다면 한 냥을, 만 냥을 주면 만 냥을 받겠소."

도무탄이 어이없는 표정을 짓자 엄홍기는 적화루를 공짜로 줄 수도 있다는 듯한 표정으로 흐뭇한 미소를 지었다.

사실 그는 이미 올해 초부터 적화루를 살 사람에 대해서 은밀하게 알아보고 다녔었다.

그의 조건은 하나였다. 적화루를 인수할 사람이 후덕해야 한다는 것이다.

그래야지만 적화를 친딸이나 가족처럼 잘 대해줄 것이라고 믿기 때문이다.

그렇지만 지금껏 여러 명의 매수자를 났으나 하나같이 마음에 들지 않았었다.

입으로는 적화에게 잘 대해주겠다고 약속이나 한 듯이 떠들어대지만 엄홍기에게는 음험한 눈빛과 비틀린 속셈을 간파하는 심미안(審美眼)이 있었다.

그의 조건은 단 하나뿐이었지만 그 하나를 충족시켜 줄 매수자는 좀처럼 나타나지 않았다.

그래서 마지막에는 그냥 기루를 폐업하고 소운설과 효령, 당림 삼 남매를 자식처럼 여기면서 여생을 보내면 어떨까 하는 생각까지 해보았었다.

그런데 난데없이 적화의 정인이라는 사내가 나타나서 그녀에게 주려고 이 기루를 사겠다고 하는 것이다. 그러니 엄홍기로서는 단돈 은자 한 냥을 받더라도 기분이 좋을 수밖에 없는 것이다.

도무탄은 잠시 생각하다가 정중하게 말했다.

"이십만 냥 드리겠습니다."

한 남자가 태어나서 평범하게 살다가 죽을 때까지 번 돈을 한 푼도 쓰지 않고 모은다고 해도 은자 만 냥이 되지 않는 요즘 세상이니 이십만 냥이면 엄청난 액수다.

더구나 도무탄처럼 약관의 나이로 보이는 청년이라면 엄홍기 입장에서 봤을 때 은자 이십만 냥은 어마어마한 금액일 터이다.

"그렇게 하시오."

엄홍기는 미소를 지으며 흔쾌히 고개를 끄떡였다. 그가 적화를 포함해서 적화루를 내놓은 가격은 사실 은자 오백만 냥이었다.

그 가격에서 적화의 가치가 삼백만 냥은 나가는 것이다. 적화의 효용가치로 따진다면 그보다 몇 배 더 높게 불러도 매수자가 나타날 터이다.

하지만 그가 아끼는 적화를 돈으로 환산한다는 사실이 불쾌해서 그 정도만 부른 것이다.

그러니까 적화 없는 적화루의 실제 가치는 은자 이백만 냥이라고 보면 된다.

도무탄은 적화의 정인이므로 은자 이백만 냥에 사겠다고 해야 적정한 가격이다.

그렇지만 젊은 청년이 가진 돈 다 통통 털어서 이십만 냥을 만든 모양이니 그 또한 얼마나 기특한 일인가. 그러니까 나머지 백팔십만 냥은 두 사람이 혼인을 할 때 축의금을 미리 주는 것이라고 생각하면 될 일이다.

엄홍기가 일어서자 도무탄도 따라 일어섰다. 엄홍기는 도무탄의 두 손을 잡고 가볍게 흔들었다.

"이것으로 계약이 성립됐소."

"고맙습니다."

도무탄은 공손하게 고개를 숙인 후에 소효령을 불렀다.

"효령, 계약서를 써야겠다."


수천 건의 거래를 해봤던 도무탄은 일필휘지로 계약서를
써 내려갔다.

탁!

"계약서를 두 부 작성했으며 각각 한 장씩 보관합니다. 여
기에 있습니다. 수결(手決)하시지요, 엄 대인."

쓰기를 마친 도무탄은 계약서 한 장을 엄홍기 앞으로 밀어
주었다.

"호오… 명필이로군. 음?"

계약서의 잘 쓴 글씨에 감탄하던 엄홍기의 눈이 조금 커지
며 한곳에 시선이 꽂혔다.


―金錢 貳什萬兩 整[금전 이십만 냥 전].


은자 이십만 냥이라고 써야 하는데 도무탄이 금화 이십만
냥이라고 잘못 쓴 것을 발견한 것이다.

엄홍기는 계약서를 내밀면서 잘못되었다고 생각하는 부분을 손가락으로 짚으며 미소 지었다.

"여기 잘못 적은 것 같소. 다시 쓰시오."

"제대로 쓴 것입니다."

"뭐어……."

엄홍기는 움찔 놀랐다.

"은으로 써야 하는데 금이라고 잘못 쓴 것 아니오?"

도무탄은 빙그레 미소 지었다.

"저는 그냥 이십만 냥이라고 말씀드렸지 은자라고 한 적이 없습니다. 이 정도 일급 기루를 은자 이십만 냥에 사겠다는 것은 도둑놈 심보입니다."

"……."

엄홍기는 망치로 머리를 한 대 세게 맞은 것처럼 멍한 얼굴로 도무탄을 쳐다보았고, 도무탄은 빙그레 미소를 지으며 마주 바라보았다.

"도 상공……."

도무탄의 엄홍기가 무슨 말을 하려는지 짐작하고 쐐기를 박았다.

"이미 계약서까지 작성을 했으므로 한 번 정한 금액을 바꿀 수는 없습니다."

엄홍기는 복잡한 표정으로 아무 말도 못하고 도무탄을 한

동안 응시하기만 했다.

소효령은 그녀대로 기함을 할 정도로 놀라서 눈을 크게 뜨고 입을 벌린 채 내심 중얼거렸다.

'금화 한 냥이 은자 오십 냥이니까 금화 이십만 냥이면 도대체 얼마야?'

그녀는 곰곰이 한동안 속으로 환산을 하다가 은자 천만 냥이라는 결과가 나오자 손으로 입을 틀어막으면서 급기야 비명을 터뜨렸다.

"꺄악! 천만 냥!"

그렇지만 도무탄과 엄홍기는 기 싸움을 하느라 서로를 주시할 뿐 그녀에겐 눈길조차 주지 않았다.

탁!

이윽고 엄홍기가 탁자에 놓인 계약서에 손바닥을 얹으면서 껄껄 웃었다.

"허허헛! 아직 수결을 하지 않았으므로 이 계약서는 효력이 없네!"

"아뿔사……."

도무탄은 손바닥으로 이마를 두드렸다.


결국 두 사람은 치열한 공방전 끝에 각자 한 발씩 양보하기로 합의했다.

금화 십만 냥, 즉 은자 오백만 냥에 적화루를 매매하기로
합의한 것이다.

결국 엄홍기는 적화를 포함해서 적화루를 내놓았던 가격
에 팔게 된 셈이니 손해가 아니다.

"그럼 수하에게 한 달 이내에 대금을 치르라고 지시하겠습
니다."

"좋을 대로 하시오."

엄홍기는 도무탄을 만난 지 겨우 반 시진밖에 지나지 않았
지만 그에게 흠뻑 반하고 말았다.


*         *         *


도무탄은 파양호의 어느 절벽 위 경치가 한 폭의 그림처럼
아름다운 곳에 지어진 한 채의 장원에서 머물게 되었다.

이 장원은 엄홍기의 소유로 그동안 비어 있었는데 적화루
를 비싸게 팔게 된 그가 미안한 마음에 덤으로 끼워주었다.

도무탄은 소운설과 소효령, 소당림을 모두 적화루에 두고
자신과 당무기 둘만 이 장원으로 왔다.

소운설하고는 단둘이서 잠깐 대화를 나누었다. 아니, 대화
라기보다는 도무탄이 일방적으로 자신의 할 말만 하고 돌아
서 버렸다.

그는 소운설에게 부탁을 하나 했다. 말이 부탁이지 그녀는 그의 말을 절대로 거절하지 못하기 때문에 그것은 명령이나 다름이 없다.

수라마룡의 여자가 되라는 그의 말을 듣는 순간 그녀의 얼굴에 가득 떠올랐던 경악과 절망의 표정을 도무탄은 죽을 때까지 잊을 수 없을 것이다.

그러나 그는 할 말을 끝까지 다 했다. 냉정할 때에는 누구보다도 냉정한 그래서 표정 하나 흔들리지 않고 자신이 그녀를 어떻게 사용할 것인지에 대해서 설명했다.

큰 충격을 받은 소운설은 눈물을 흘리면서 한마디도 못한 채 고개를 숙이고 있었으며, 도무탄은 그녀를 그대로 놔둔 채 적화루를 떠나 이 장원으로 왔다.

그는 그날 밤 술에 만취해서 소운설에게 못할 짓을 한 것에 대해서 뼈저리게 후회했다.

그러나 그것 말고는 후회할 일이 없다. 소운설은 좋은 여자이지만 그와의 인연은 여기까지다.

두 사람 사이가 연인이나 아내가 되는 것이 아니라면 얼마든지 좋은 관계로 남을 수 있을 것이다.


장원은 망향장(望鄕莊)이라는 이름인데 엄홍기가 만 리 먼 곳에 있는 고향을 그리워하면서 지었다고 한다.

도무탄은 수라마룡이 돌아올 때까지 파양현에 머물러야 하는데 적화루에서 지내는 것은 좋지 않다고 생각했다.

소운설과 지내다 보면 어쩔 수 없는 접촉으로 정이 더 깊어질 텐데 그러기 전에 그녀와 떨어져 있는 게 좋다. 그녀를 싫어하지 않지만, 아니, 여자로서 좋아하게 될까 봐 겁이 나기도 하다.

그녀와 떨어져 있어야 하는 이유는 그것뿐만이 아니다. 천하제일의 살수 조직이라는 무정혈살대가 그를 노리고 있기 때문이다.

절세불룡 영능이 무려 황금 일만 근을 주고 도무탄을 죽여달라고 청부를 했다.

그것은 무정혈살대가 발족한 이래 두 번째로 큰 청부액이라고 전직 무정살수였으며 지금은 명림의 정인이 된 부원이 말해주었다.

첫 번째로 큰 청부액은 황금 이만 냥이며 청부 대상은 독보창룡이라고 했다.

도무탄이 적화루에 계속 머물 경우 무정혈살대가 습격을 한다면 그 피해는 엄청날 것이다.

무정혈살대의 목적은 오로지 도무탄을 죽이는 것이므로 그를 죽일 때까지 수단과 방법을 가리지 않고 온갖 살수 수법을 총동원할 것이다.

그러면 그 과정에 부서지는 것은 적화루고 죽어나가는 것은 적화루 사람들일 터이다.

그렇다고 도무탄이 무정혈살대를 피해서 은밀한 곳에 숨을 수도 없다.

부원의 말에 의하면 표적이 어디에 숨어 있든지 무정혈살대는 반드시 찾아내고야 만다고 했다.

표적을 찾아내는 데 소요되는 시간이 짧으면 보름, 길어봐야 두 달이라고 하는데 숨는다는 것은 무의미한 것 같았다. 또한 그러는 것은 도무탄의 성미에도 맞지 않는다. 숨는 것보다는 드러내 놓고 싸우는 것이 그의 성격이다.

그는 석 달여 동안 부원에게서 무정혈살대의 살수 수법에 대해서 거의 완벽하게 배웠다.

부원의 말에 의하면 도무탄의 살수 능력은 부원을 가르쳤던 스승보다 뛰어나다고 했었다.

부원의 말이 그저 입에 발린 공치사가 아니라면 도무탄은 자신이 능히 무정혈살대를 맞이하여 싸워서 이길 수 있으리라 믿고 있다.


사박사박…….

장원 망향장의 전문을 나선 도무탄은 누렇게 마른 풀을 밟으면서 낭떠러지 가장자리로 걸어갔다.

누가 보면 그가 산책이라도 하는 것 같지만 사실은 장원 주변의 지형지물을 살피고 있는 중이다.

뒷짐을 지고 낭떠러지 십오륙 장 아래의 철썩이는 호수를 보기도 하고, 나무가 어디에 몇 그루이며 크기는 어느 정도인지, 풀이 어디가 무성한지, 제일 가까운 숲은 어느 쪽에 얼마의 거리에 있는지 보는 대로 분석되어져서 그의 머릿속에 차곡차곡 정리되고 있다.

그가 무정혈살대의 살수 수법에 대해서 달달 외우고 있으며, 그런 사실을 무정혈살대가 꿈에도 모르고 있다는 사실이 현재로썬 최강의 무기다.

싸움에서 최고의 무기는 상대가 나를 전혀 모르고 있다는 것이고, 반면에 나는 상대의 수법을 훤하게 알고 있다는 것이다.

그로서는 남의 눈에 띄지 않게 조용히 웅크리고 있다가 수라마룡을 보고 가면 좋으련만 무정혈살대가 그것을 용납하지 않을 것 같다.


도무탄은 무정혈살대의 습격에 대비하여 나름대로 만반의 준비를 끝냈다.

크게 준비라고 할 것도 별로 없다. 장원 안팎의 지형지물을 자세히 살핀 것과, 장원 전체에 무형, 무취, 무색의 만리추적향(萬里追跡香)을 뿌려놓은 것, 그리고 장원에 있던 하인, 하녀들을 전부 내보내고 그 대신 그의 시중을 들 당무기만 남겨둔 것이 준비의 전부다.

그러나 문제는 무정혈살대의 무정살수들이 언제 습격을 해올지 도저히 가늠할 수 없다는 사실이다.

오늘 밤 당장일 수도 있고 아니면 보름이나 한 달 후가 될지도 모른다.

아니, 어쩌면 이미 장원 근처에 매복해 있거나 어떤 형태로든 암습의 기회를 노리고 있을지도 모르는 일이다.

도무탄의 목적은 수라마룡이지 무정혈살대가 아니다. 그러니까 그는 자신의 할 일을 묵묵히 하면 된다.

그가 무정혈살대의 습격에 대해서 조금이라도 미리 알고 있는 것처럼 행동한다면 그걸 알아보지 못할 무정살수들이 아닐 것이다.


"식사하십시오."

당무기는 거의 두 시진 가까이 주방에서 비지땀을 흘려가면서 끙끙거리더니 마침내 저녁식사시간이 훨씬 지난 해시(밤 10시경) 무렵이 돼서야 그다지 자신 없는 목소리로 도무탄을 불렀다.

그는 이 나이가 되도록 요리를 만들어본 적이 손가락으로 꼽을 정도로 적은데 이유는 간단하다. 요리 솜씨가 완전 젬병이기 때문이다.

요리를 자주 하는 사람은 솜씨가 좋다. 그것은 솜씨가 좋기 때문에 요리를 자주 하는 것일 수도 있다.

탁자에는 정체를 알 수 없는 요리 대여섯 가지와 밥, 술이 차려져 있었다.

구색을 갖추려고 애쓴 흔적이 보이지만 냄새나 모양새로 봤을 때 요리라고 보긴 어려웠다.

슥—

이윽고 도무탄이 자리에 앉아서 젓가락을 들자 당무기는 초조한 얼굴로 지켜보았다.

도무탄은 무엇을 집을 것인지 잠시 망설였다. 요리들이 도대체 뭐가 뭔지 알 수가 없으니 무엇을 집어야 할지 종잡을 수가 없다.

그래도 당무기가 이 요리들을 만드느라 얼마나 애썼는지 잘 알기 때문에 그로서는 잘 먹어줘야 할 의무가 있다.

슥—

"흠. 죽을 만들었군."

도무탄은 요리 중에 녹색과 붉은색, 검은색이 뒤섞인 걸쭉한 요리로 숟가락을 가져갔다.

"그건… 탕(湯)입니다만……."

"아… 그렇군. 처음부터 탕인 줄 알았었네."

도무탄이 어색하게 미소 지으며 변명을 하자 당무기는 땀을 뻘뻘 흘렸다.


우여곡절 끝에 식사를 마친 도무탄은 미소를 지으려고 애쓰면서 말했다.

"정말 잘 먹었네. 훌륭한 식사였어."

"도 대협…….."

도무탄은 감격한 표정을 짓고 있는 당무기를 지그시 바라보면서 안쓰러운 듯 말했다.

"자네 요리를 하느라 너무 많은 시간을 허비하는 것 같군."

"그야…….."

"자넨 할 일이 많은데 그래서는 안 되지. 따로 요리를 해줄 숙수를 한 명 데려와야겠네."

도무탄은 일어나면서 못을 박았다.

"하지만 자네가 만든 요리가 맛이 없어서 그러는 것은 절대 아니라는 사실을 알아두게."


"도, 도, 도 대협!"

다음 날, 요리할 숙수를 데리러 적화루로 간다던 당무기가 나간 지 얼마 지나지 않아서 허겁지겁 달려 들어오면서 수선을 피웠다.

도무탄은 전각 앞 돌계단 위에 서서 저 멀리 파양호를 바라
보고 있다가 달려오는 당무기를 돌아보았다.

"무슨 일인가?"

"크, 큰일 났습니다!"

도무탄이 알고 있는 당무기는 침착한 편인데 이렇게 난리
법석을 피우는 것을 보면 대단한 일이 생긴 것 같아서 내심
궁금해졌다.

당무기는 안색이 새하얗게 질려 있었다.

"도… 독보창룡이 파양현에 나타났습니다!"

그는 도무탄이 바로 앞에 서 있는데도 흥분하여 큰 소리로
고함을 질러댔다.

도무탄은 움찔 표정이 변했다. 독보창룡이 파양현에 나타
나다니, 그것은 과연 당무기가 혼절을 할 정도로 놀랄 만한
소식이다.

"그게 정말인가?"

도무탄은 반색했다. 독보창룡에 대해서 알게 된 순간부터
그는 이 특별한 사람에 대해서 깊은 흥미를 느꼈으며, 기회가
닿으면 꼭 만나보고 싶었었다. 그런데 그 기회가 일찍 찾아와
주었다.

"그… 뿐만이 아닙니다!"

평소 같으면 목소리를 낮추라고 핀잔을 주겠지만 도무탄은 그러지 않고 같이 흥분했다.

"또 뭔가?"

"무적검룡도 출현했습니다!"

도무탄의 얼굴에 환한 웃음이 피어났다.

"무적검룡이?"

당무기는 사색이 된 얼굴로 더듬거렸다.

"이게 도대체 무슨 일일까요? 천하육룡의 두 명이 한꺼번에 이곳에 나타나다니…….'

그는 고개를 절레절레 가로저었다.

"도 대협을 포함하면 천하육룡이 세 명이고 수라마룡이 돌아오면 네 명입니다. 맙소사… 지금까지 한 지역에 이렇게 많은 용이 모여 있었던 경우는 한 번도 없었습니다. 좋은 일인지 나쁜 일인지 갈피를 잡기 어렵군요."

당무기와는 달리 도무탄은 평생의 막역한 친구라고 생각하는 소연풍을 이제 곧 만날 수 있다는 생각을 하자 얼굴에서 웃음이 가시지 않았다.

"그들은 어디에 있나?"

"현 내의 주루에 있습니다."

"둘이 같이 있나?"

"그렇습니다. 두 사람은 마치 친구처럼 다정했습니다."

"호오… 그래?"

도무탄은 소연풍과 독보창룡이 필경 친구 사이일 것이라고 짐작했다.

그렇다면 소연풍의 소개로 독보창룡하고도 친구가 될 수 있을 것이라는 생각을 하자 갑자기 기분이 날아갈 것처럼 좋아졌다.

그리고 소연풍과 독보창룡이 어째서 갑자기 파양현에 나타난 것인지 이유가 궁금했다.

"그런데 이 사실을 누가 알고 있나?"

"아직까지는 저희가 제일 먼저 그들을 알아봤습니다. 하지만 그들이 워낙 굉장한 인물이라서 머지않아 파다하게 퍼질 것 같습니다."

"자네가 할 일이 있네."

도무탄은 조그만 일 하나를 꾸미기로 마음먹었다.

# 第九十一章

삼룡지회(三龍之會)

등롱기

소운설은 도무탄이 적화루에 온다는 소식을 당무기로부터
전해 듣고는 신바람이 났다.

도무탄이 적화루를 떠나 망향장에서 기거한 지 나흘밖에
지나지 않았는데 그녀는 마치 사십 년이나 지난 것처럼 길고
도 암울하게만 여겨졌었다.

그 사십 년 같은 나흘 동안 그녀는 수만 번도 더 곰곰이 생
각을 해봤지만 결론은 매번 똑같았다.

죽어도 도무탄 곁을 떠날 수 없다는 사실만 거듭 확인하고
또 확인했을 뿐이다.

그래서 그가 끝내 자신을 거두지 않는다면 그녀는 스스로 목숨을 끊겠다는 무서운 결심을 하기에 이르렀다.

어차피 그녀와 소효령, 소당림은 천궁삼마를 죽여서 복수를 하는 일에 목숨을 걸었었다.

그리고 그녀들 세 사람은 자신들의 능력으로는 도저히 천궁삼마를 죽일 수 없다는 판단이 섰을 때, 복수를 하지 못할 바에는 차라리 그들과 싸우다가 죽자고 셋이서 결심을 한 적이 있었다.

그런데 이제 통쾌하게 복수를 마쳤다. 더구나 소운설은 원하지도 않았던 목소리를 되찾게 되었다.

그 모든 것을 이루게 해준 사람이 바로 도무탄이다. 그러므로 평생 그를 모시지 못한다면 목숨을 끊는다고 해도 하나 아까울 것이 없다.

그러나 사실 그런 채무적인 이해관계 때문에 도무탄에게 매달리는 것만은 아니다.

그보다 훨씬 더 중요한 이유는 그녀가 도무탄을 깊이 사랑하게 되었다는 사실이다.

당무기가 알려준 바에 의하면 도무탄은 조금 늦게 올지도 모르니까 소운설더러 그의 친구들을 접대하고 있으라 했다는 것이다.

'탄 랑의 친구분들은 대체 어떤 분들이실까?'

적화루에서 가장 크고 화려한 연회실은 구 층에 있으며 평소에는 소운설이 내실로 사용하고 있다.

구 층 전체는 소운설과 적화루의 주인인 엄홍기 두 사람만이 사용하고 있으므로 지금껏 구 층의 연회실에 손님을 받은 적은 한 번도 없었다.

그렇지만 도무탄의 두 친구는 구 층 연회실에 모셨다. 적화루 최고의 손님이기 때문이다.

적화루의 총관 신분인 소효령이 앞서고, 그다음에는 선녀 같은 옷차림의 너무도 아름다운 소운설이, 맨 뒤에는 적화루 호위무사들의 우두머리인 소당림이 당당하게 따르면서 연회실로 들어섰다.

뚜둥… 따땅… 뚱당…….

넓은 연회실 중앙 둥근 자단목 고급스러운 탁자에 미주가 효가 그득 차려져 있으며, 탁자의 양쪽 바닥에 등받이가 있는 호피의에 두 명의 헌앙한 청년이 마주 앉아서 술을 마시고 있는 모습이 소운설의 시야에 들어왔다.

소운설이 들어서자 한쪽에 두 줄로 앉아서 연주를 하던 여섯 명의 악사와 하늘하늘 춤을 추던 무희들이 뚝 모든 동작을 멈추더니 조용히 일어나 일렬로 열을 지어서 밖으로 나갔다.

담소를 나누면서 나직이 웃으며 술을 마시던 두 청년은 들어서고 있는 소운설을 발견하고는 얼굴에 경탄의 표정을 가득 떠올렸다.

그러나 한 청년은 곧 평소의 무심한 표정으로 돌아가고, 다른 한 청년만이 소운설을 보면서 진심 어린 얼굴로 찬사를 아끼지 않았다.

"오오… 나는 천상의 선녀가 하강한 줄 알았소. 진정 절세가인이구려."

평소에는 귀가 따갑도록 들어온 칭찬이지만, 도무탄의 친구에게 칭찬을 들으니까 소운설은 크게 기뻐하여 방그레 미소를 짓고 나서 날아갈 듯 허리를 굽혔다.

"처음 뵈어요. 적화라고 해요."

소운설은 이 두 명의 청년이 도무탄의 친구라고만 알고 있을 뿐이지 누구인지는 모른다. 단지 도무탄이 잘 모시라고 했다는 당무기의 말을 전해 들었다.

두 명의 청년 역시 당무기를 따라서 이곳에 왔을 뿐 누가 자신들을 초청했는지조차 모르고 있다. 그러면서도 넉살좋게 먹고 마시는 중이다. 그런 점에서 두 사람의 호기와 배짱은 단연 최강이다.

"적화… 천하십기 중에서 단연 제일기라는 적화라니… 과연 명불허전이오. 과연……."

처음에 소운설을 보고 찬탄을 금치 못했던 청년은 그녀가 적화라는 사실을 알고는 그녀에게서 시선을 떼지 못하고 얼굴에는 놀라움과 경이로움이 가득했다.

두 사람은 당무기의 안내를 받아 적화루에 도착했을 때 이곳이 저 유명한 천하십기의 제일기 적화가 있는 기루라는 사실을 알게 되었었다.

한 청년은 과묵하고 다른 청년은 활달한데 활달한 청년이 조금 기대하는 듯한 얼굴로 말했었다.

"적화라는 여자 한 번 보게 되면 행운일 텐데……."

그러자 과묵한 청년이 딱 잘라서 말했다.

"꿈 깨."

그런데 그 꿈이고 행운이라고 여겼던 일이 두 청년 앞에 현실로 나타나주었다.

"두 분을 초대하신 분이 소녀에게 두 분을 접대하고 있으라 말씀하셨어요."

소운설은 다시 찾은 아름다운 옥음으로 상냥하게 말하면서 탁자로 가까이 다가가 마주 보고 앉은 두 청년의 가운데에 살포시 앉았다.

두 청년, 즉 과묵한 청년은 무적검룡 소연풍이고 활달한 청년은 독보창룡 주천강(朱天剛)이다.

독보창룡 주천강이 궁금한 표정으로 물었다.

"우릴 초대한 분은 누구시오?"

"곧 오실 거예요."

소운설은 방그레 미소 지으면서 대답했다. 친구들을 놀라게 해주려고 도무탄의 신분을 밝히지 말라는 당무기의 말이 있었다.

"하하하! 그대가 우리와 함께 놀아준다면 그 사람이 아예 오지 않는다고 해도 무방하오!"

"어머."

주천강은 호방하게 웃었고 소운설은 깜짝 놀랐다.


반 시진쯤 지났을 즈음 술자리는 더없이 화기애애한 분위기가 되어 있었다.

소연풍과 주천강은 적화가 보여주는 몇 가지 재주에 푹 빠져서 시간 가는 줄 모르고 술을 마셨다.

적화가 계속 분위기를 띄우자 주천강은 쉴 새 없이 감탄을 터뜨리면서 박수를 치고 큰 소리로 웃었으며, 평소 웃음에 야박한 소연풍마저도 이따금 빙그레 흡족한 미소를 지으면서 박수를 쳐주었다.

그 정도로 소운설의 역할은 대단했다. 그녀는 비파를 타면서 노래를 부르기도 하고, 퉁소나 피리를 불기도 했으며, 유명한 당시(唐詩)들을 듣기만 해도 심신이 정화되는 듯한 옥음으로 줄줄 낭송했다.

"과연… 과연… 적화 소저가 어째서 천하십기의 제일기인지 이제야 안계(眼界)를 넓혔소이다!"

주천강은 연신 감탄과 칭찬을 쏟아내느라 여념이 없다.

소운설은 두 사람과 보낸 반 시진 동안 그들에 대해서 어느 정도 파악하게 되었다.

주천강과 소연풍은 자신들을 각자 '주씨'와 '소씨'라고 성만 소개했을 뿐 이름은 밝히지 않았다.

자신들의 이름이 너무 유명해서 소운설이 혹시 알아보고 좋지 않은 선입견을 가질까 봐 그런 것이다. 소운설에게만이 아니라 이들은 어디를 가서도 자신이 누구라는 사실을 일부러 밝히지 않는 편이다.

구태여 밝히지 않아도 알아보는 사람이 많은 판국에 일부러 밝힐 필요까지는 없는 것이다.

소운설이 잠시 동안 겪어본 주천강은 한마디로 영혼이 해맑은 사람이다.

그와 대화를 하고 있으면 마치 서너 살 어린아이처럼 순수한 성품이라는 것을 곧 알게 된다.

그렇다고 해서 지식이 어린아이 수준이라는 것은 절대로 아니다. 외려 반대로 그는 걸어 다니는 서고(書庫)라고 할 만큼 박학다식했다.

소연풍은 주천강하고는 극과 극일 정도로 반대의 성격을

지니고 있는 것 같았다.

그는 과묵할 뿐만 아니라 예리한데다 함부로 범접하기 어려운 분위기의 소유자가 분명했다.

소운설이 소연풍의 성격을 그렇게 느꼈다는 것뿐이지, 그렇다고 해서 그가 이 자리에서까지 가칠한 성격을 드러내거나 겉도는 행동을 하지는 않았다.

그는 가끔 미소를 짓기도 하고 주천강과 이것저것 대화를 나누기도 했다.

그러는 것으로 봐서는 그가 이 자리에서는 긴장을 어느 정도 풀고 있는 것 같았다.

물론 말은 항상 주천강이 먼저 걸었으며 소연풍은 대꾸를 하는 정도였다.

"저… 그런데 소 상공께선 본향(本鄕)이 어디신가요?"

소운설은 아까부터 궁금하게 여겼던 것을 조심스럽게 소연풍에게 물었다. 그가 그녀와 같은 '소씨' 이기 때문에 호기심이 생긴 것이다.

"오! 그래, 자네 어디 소씨인가?"

소운설의 물음에 주천강도 급작스럽게 그것이 궁금해져서 상체를 내밀며 물었다.

주천강은 지금까지 그것에 대해서 조금쯤은 궁금했었으나 물은 적이 없었으며, 설혹 묻는다고 해도 소연풍이 대답하지 않았을 것이다.

그는 고향이나 가족에 대해서는 지나칠 정도로 예만하게 반응을 하기 때문이다.

그런데 뜻밖의 일이 일어났다. 소연풍이 담담한 표정으로 대답을 한 것이다.

"고향은 안휘성 오하현(五河縣) 근처의 임회관(臨淮關)이라는 곳이고, 본관(本貫)은 소주(蘇州)요."

'본관'이라는 말은 자신의 성씨의 시조가 처음 자리를 잡은 곳을 말함이다.

즉, 소연풍의 소씨 성을 처음 퍼뜨린 시조의 본향이 어디냐는 뜻이다.

예를 들면 소씨 성의 아버지 슬하에 아들이 여러 명 있는데, 그 아들들이 각자 흩어져 한 지역에 뿌리를 내리고 자손을 퍼뜨리면 그가 곧 시조가 되며, 같은 소씨라 하더라도 어느 지역의 한 파(派)를 형성하는 것이다.

소운설과 소연풍은 같은 소(蘇)를 쓰고 있으나, 시조가 어디에서 자리를 잡았느냐에 따라서 파가 달라진다.

"소주 어디신가요?"

소운설이 기대하는 얼굴로 재차 물었다.

강소성 남쪽지방에 있는 거대한 호수 태호(太湖) 주변을 소주라고 한다.

옛말에 '하늘에는 천당(天堂)이 있고, 땅에는 소주가 있다'라고 할 정도로 소주는 아름다운 지방이다.

소연풍은 소운설을 힐끗 보더니 슬쩍 미간을 좁혔다. 그 바람에 그녀는 약간 겁먹은 얼굴로 움찔했으나, 그의 대답을 들을 수는 있었다.

예로부터 소주에는 소씨가 많이 살았다. 오죽하면 지명이 소주이겠는가.

"혜산(惠山)이오."

혜산은 태호 북부지방에 있는 작은 마을이다.

"아… 소녀의 본관도 혜산이에요."

소운설은 뜻밖이라는 듯 깜짝 놀라며 두 손을 가슴에 모으고 탄성을 터뜨렸다.

소연풍은 처음으로 관심이 있는 듯한 표정을 지으며 그녀를 쳐다보았다.

사실 소씨 중에서도 혜산 소씨는 매우 드물었다. 태호 동쪽 지방인 오(吳)나 평망(平望) 지역의 소씨가 대부분이다. 그래서 혜산 소씨는 전체의 채 일 할도 되지 않았다.

그렇기 때문에 같은 혜산 소씨라고 한다면 서로 친척일 가능성이 크다.

혜산이 워낙 작은 마을인 탓이다. 그러니 소운설이 잔뜩 기대하고 있는 것이다.

혜산은 소씨 집성촌이라서 아무리 멀다고 해도 팔촌(八寸)은 될 터이다.

천하에 모래알처럼 수많은 사람 중에서 같은 증조할아버지를 두고 있는 팔촌 혈육을 만난다는 것이 어디 흔한 일이겠는가.

"조부께선 누구신가요?"

소운설의 물음에 소연풍은 이맛살을 찌푸렸다.

"모르오."

사실 그는 조부가 누군지 모른다. 그는 자신의 고향이 임회관이라고 말했으나 사실 그곳에서도 수십 리 더 들어가는 산골마을에서 태어났다.

조부를 모른다는 것은 족보도 없는 생판 무지렁이 하층민 출신이라는 뜻이다.

그렇지만 소운설은 그가 혜산 소씨라는 사실 때문에 포기하지 않았다.

"그럼 부친께선……."

소연풍은 조금 짜증이 나기 시작했다. 죄를 짓고 산골마을로 도망친 것이라고 믿고 있는 부친에 대해서는 평소에도 별로 기억하고 싶지 않았기 때문이다.

그러나 소운설이 단지 심심풀이가 아닌 매우 진지한 표정으로 말끄러미 자신을 바라보고 있는 모습을 보고는 그녀를 나무랄 수도 그냥 자리를 박차고 일어날 수도 없었다.

그는 설마 자신이 소운설하고 뭔가 연관이 있거나 친척일 것이라는 기대는 손톱만큼도 하지 않았다. 그럴 가능성이 전혀 없기 때문이다.

"소정영(蘇正英)이오."

"아……."

무뚝뚝하게 툭 내뱉은 소연풍은 소운설이 환한 표정을 짓는 것을 보며 마음이 조금 흐트러졌다.

"혹시 부친의 형제에 대해서 아시나요? 소정협(蘇正俠)이나 소승협(蘇昇俠)이라는 이름은 들어보셨나요?"

소운설이 그렇게 물을 때 한쪽에 서 있던 소효령과 소당림도 가까이 다가왔다.

소운설은 소정협의 딸이고 두 사람은 소승협의 자식들이기 때문이다.

그리고 소운설 삼 남매는 소연풍의 얼굴에 적이 놀라는 표정이 떠오르는 것을 발견하고 바짝 긴장했다.

소연풍은 더 이상 신경질적인 반응을 보이지 않았고 표정이 다소 진지해졌다.

"선친에게는 한 분의 형님과 또 한 분의 아우가 있다고 들은 기억이 있소. 형님 존함은 소정협이고 아우는 소승협이라고……."

소연풍은 기억을 되살리려는 듯 미간을 잔뜩 찌푸린 채 중얼거렸다.

"아아……."

"이런 맙소사……."

"으흐흑!"

소운설과 소당림은 동시에 탄식을 터뜨리고 소효령은 왈칵 울음을 쏟아냈다.

"이… 것은……."

소연풍은 지금 이 자리에서 필경 무슨 일이 일어나고 있는 것이라고 직감했다.

운명이라는 것은, 그리고 현실은 항상 예기치 못한 형태로 눈앞에 나타난다.

아니, 소운설을 비롯하여 그 옆에 있는 두 명까지 자신의 혈육이라는 강한 느낌이 확 끼쳐 왔다.

소운설이 눈물을 흘리면서 자신과 소효령, 소당림을 일일이 가리키며 설명했다.

"소녀는 소정협의 딸이고 언니와 오라버니는 소승협의 아들과 딸이에요……!"

"아……."

소연풍은 탄식을 토해내고는 갑자기 머릿속이 텅 빈 것 같은 기분에 휩싸였다.

그러나 그가 지금 자신에게 일어난 일이 절대로 거짓이나 꾸며낸 일이 아니라 진실이라는 것을 깨닫는 데에는 그다지 오랜 시간이 걸리지 않았다.

그에겐 부모와 형, 그리고 누이동생이 있었다. 화전을 일구고 산에서 약초를 캐거나 사냥을 해서 근근이 먹고사는 가난한 살림이었다.

그렇지만 억척스럽게 일만 하던 과묵한 부친과 부지런하고 현명하며 자상한 모친, 책임감이 강했던 믿음직스러운 형, 천하에서 최고로 멋진 사람이 둘째오빠라면서 해맑게 웃으며 졸랑졸랑 따라다니던 누이동생과 함께 다섯 식구는 행복했었다.

그러나 그 행복이 영원할 것이라는 믿음은 너무도 어이없이 한순간에 깨져 버렸었다.

지금 생각하면 하찮은 벌레 같은 존재인 화적(火賊) 떼가 산골마을을 습격했으며, 그때 부모와 형, 누이동생이 모두 화적의 손에 죽음을 당했다.

화전민촌의 사람들은 자신들에게 주어진 기구한 삶에는 존경할 정도로 억척스러웠으나 화적 떼 앞에서는 속수무책으로 죽어 자빠졌다.

그 당시 소연풍의 나이는 겨우 열네 살이었고, 형은 열여덟 살, 누이동생은 열한 살이었다.

중상을 입은 몸으로 구사일생 살아난 소연풍은 그 길로 고향을 떠나 천하를 돌아다니다가 우여곡절 끝에 무공 입문의 길로 들어섰다.

그로부터 몇 년 후에는 부모와 형, 누이동생을 죽였던 화적떼를 찾아내서 그들 삼십칠 명을 개새끼 한 마리 남겨두지 않고 모조리 죽여 버렸었다.

그들을 모조리 죽이는 데 채 일각도 걸리지 않았다. 그런 형편없는 무리에게 부모형제가 죽었다는 사실이 너무도 억울하고 원통했다.

그는 열네 살 이후 지금까지 줄곧 혈혈단신 천하를 주유하면서 혼자 살아왔었다.

그러면서 자신에게 혈육이나 친척이 있을 것이라는 기대조차도 한 적이 없었다.

언제 혼인을 하게 될지는 모르지만 그때가 되어 아내가 생기고 아이를 낳기 전까지는 하늘 아래 자신 혼자뿐이라고 생각했었다.

"그게 정말이오?"

그는 밑도 끝도 없이 불쑥 중얼거렸다. 하지만 그 말을 알아듣지 못하는 사람은 아무도 없었다.

소운설은 두 손으로 바닥을 짚고 무릎을 꿇은 자세로 소연풍 쪽으로 향해 상체를 뻗으며 비 오듯이 눈물을 흘렸다. 그녀는 그가 자신의 사촌오빠라는 사실을 굳게 믿었다.

"소녀가 말씀드린 것은 한 치의 틀림도 없어요. 전부 진실이에요……!"

"그렇다면……."

소효령이 무너지듯이 다가와 소연풍 옆에 무릎을 꿇고 앉아서 그의 손을 덥썩 잡았다.

"우린 사촌지간이야! 네가… 네가 소정영 이백부(二伯父)의 아들이 틀림없다면 말이야!"

"흐으……."

소연풍은 짐승 소리 같은 신음을 내뱉었다.

소당림은 소효령 뒤에 서서 굵은 눈물을 뚝뚝 흘리며 어떤 사실을 말해주었다.

"돌아가신 아버님 말씀에 의하면 이백부께선 가문에서 반대하는 낭자를 사랑하게 되었고… 그녀와 혼인을 하기 위해서 가문을 버리고 야반도주를 했다는 것이다. 이후 가문에서 백방으로 이백부를 찾아 헤맸으나 끝내 실패했다더군."

"어머니와 혼인하기 위해서 야반도주를……."

소연풍은 부친이 죄를 짓고 산골마을에 숨어 들어와서 사는 것이라고만 믿고 있었다.

아무도 거기에 대해서는 말해준 적이 없었으나, 그것은 형의 풍부한 상상력이 만들어낸 결과였었다.

그런데 그게 아니었다. 부친은 사랑을 위해서 가문을 버리고 야반도주를 했던 것이다.

그 무뚝뚝하고 과묵한 부친이 어머니와의 사랑을 얻으려고 혈육을 버렸다는 말이다. 그리고 그는 그 일을 자식들에게는 일체 비밀로 했다.

소연풍은 부친의 무겁고도 뜨거운 사랑을 느끼고 가슴이 뭉클해졌다.

부친이 연약한 모친을 고생만 시킨다고 여겨서 그를 원망했던 적이 많았었는데 그게 아니었다. 부친은 누구보다도 모친을 사랑했었고 그것을 몸소 실천한 위대한 사랑의 승리자였었다.

사랑에는 여러 형태가 있지만 그의 부모가 몸소 실천하고 획득한 그런 사랑도 있는 법이다.

삼십이 세의 소효령은 소연풍의 손을 더욱 힘주어 잡으면서 울음을 겨우 참으며 말했다.

"우리 가문의 오랜 전통에는 후대 자식들의 이름을 미리 정해놓는 관습이 있었어. 조부께서 미리 지어두시는 거지. 만약 이백부께서 그것을 잊지 않으셨다면 그대로 지으셨을지도 모르는 일이야."

"그… 그렇소?"

소연풍은 뭔가 뜨거운 것이 가슴과 울대에 콱 막혀서 답답

했다. 그것이 뻥 뚫리면 갑자기 시원해지면서 울음이 터질 것
만 같았다.

"이백부께서 큰아들을 낳으시면 단웅(單雄)이고 둘째아들
을 낳으시면 연풍이라고 지으셨을 게다. 딸을 낳으면 소연(小
鳶)이고……. 그래, 네 이름은 무엇이냐? 단웅이냐? 아니면 연
풍이냐?"

소효령이 이렇게까지 말하는데 소연풍은 더 이상 이들을
의심할 수가 없게 되었다.

막내 누이동생을 보호하려고 화적에게 처절하게 저항하다
가 죽은 그의 형 이름은 소단웅이고 누이동생 이름은 소소연
이었다.

소운설 등 세 사람이 제아무리 귀신이라고 해도 형과 누이
동생의 이름까지 알고 있을 수는 없는 것이다. 소연풍은 이날
까지 형과 누이동생의 이름을 어느 누구에게도 말해준 적이
없었다.

어느덧 소연풍의 눈에도 눈물이 그렁거렸다. 피도 눈물도
없는 승부사 무적검룡의 눈에 눈물이 고이다니, 마음 약한 주
천강은 그걸 보면서 그 자신도 가슴이 뜨거워져서 눈물을 글
썽였다.

"나는… 연풍입니다. 형은 단웅이고… 누이동생은 소
연……."

"어흐흑! 연풍아!"

그럴 줄 알았다는 듯이 소효령이 자지러지면서 비명처럼 이름을 부르며 소연풍을 와락 끌어안고 몸부림을 치면서 울부짖었다.

"으허엉! 나는 소승협의 큰딸이고 이름은 효령이야… 연풍아……! 아이고 연풍아……."

그녀는 소연풍의 품에 안겨 두 팔로 그의 등을 끌어안고 어쩔 줄 모르고 몸부림쳤다.

소운설은 무릎걸음으로 소연풍에게 다가가며 흐느껴 울었다.

"흐흐흑! 소녀는 소정협의 막내딸 소운설이에요. 연풍 오라버니……!"

"나는 소승협의 큰아들 당림이다. 연풍아… 사촌동생을 이런 곳에서 만나다니……."

소당림도 무릎을 꿇고 소연풍을 부둥켜안았다. 네 사람은 누가 먼저랄 것도 없이 한 덩이가 되어 서로를 힘껏 끌어안은 채 울음을 터뜨렸다.

"효령 누님… 당림 형님… 운설아……."

소연풍은 일일이 세 사람을 부르면서 흐르는 눈물을 주체하지 못했다.

천애고아인 줄만 알았던 그에게 형과 누나, 그리고 누이동

생까지 세 명이나 친 혈육이 생겼으니 그 기쁨이야 무엇으로
도 설명하기 어려웠다.

도무탄은 뜻밖의 일이 생겨서 시간을 지체했다.

나흘 전에 적화루의 주인 엄홍기하고 매매계약을 성사시
키고 나서 개방을 통해서 해룡방에 연락을 했었는데, 마침 멀
지 않은 남경성에 있던 해룡방 내상단의 부방주가 연락을 받
은 즉시 이곳 파양현으로 온 것이다.

그래서 도무탄은 부방주를 데리고 엄홍기의 집으로 찾아
가서 대금을 치르고 적화루의 인수인계 절차를 완전히 끝내
고서야 두 친구를 만나러 적화루로 왔다.

척!

도무탄은 당무기의 안내로 구 층 연회실 문을 열었을 때 잠
시 자신의 눈을 의심해야만 했다.

실내의 분위기가 예상했던 것 이상으로 화기애애했다. 더
구나 탁자 둘레에 소효령과 소당림까지 앉아 있으며, 마치 가
족 같은 분위기였다.

얼마나 즐거운 분위기였으면 도무탄이 문을 열고 들어섰
는데도 웃고 대화하느라 잠시 동안 그쪽을 쳐다보는 사람이
한 명도 없었다.

제일 먼저 그를 쳐다본 사람은 소운설과 소연풍이었다. 두 사람은 그를 발견하자마자 소운설은 반가움에 소연풍은 놀라움에 동시에 벌떡 일어섰다.

"탄 랑!"

"무탄!"

모두의 시선을 받으면서 그는 천천히 안으로 걸어 들어가며 소연풍에게 미소를 지어 보였다.

"연풍, 오랜만이로군."

"하하하! 이 친구 무탄! 자네가 우릴 초대한 것이었군!"

소연풍은 밝게 웃으면서 다가왔다가 도무탄 한 걸음 앞에 멈추었다.

그리고는 누가 먼저랄 것도 없이 두 사람은 서로를 와락 힘차게 포옹했다.

"연풍!"

"무탄!"

산서성 태원에서 만나 서로 친구가 된 후에 헤어지고 나서 햇수로 이 년 만의 재회이니 어찌 반갑지 않겠는가.

도무탄이나 소연풍처럼 기개가 있는 인물들은 함께 살면서 매일 얼굴을 마주 대하고 차곡차곡 친분을 쌓는다고 해서 막역한 친구가 되는 것이 아니다.

그런 방법은 그저 세상에 흔한 평범한 사람들이 친구가 되어 가는 과정이다.

도무탄과 소연풍처럼 만 명 중에 한 명 있을까 말까 특별한 사람들은 불과 며칠 동안 같이 지내다가 헤어졌어도 죽을 때까지 막역지우로 남는다.

모두들 일어나서 서로 포옹하고 있는 도무탄과 소연풍 주위로 모여들었다.

소연풍은 포옹을 풀고 환하게 미소 지었다.

"자네가 우리를 먼저 찾아냈군."

"역시 나를 만나러 여기까지 온 것인가?"

"그렇네."

소연풍은 주천강을 손짓으로 부르면서 말했다.

"그래서 이 친구도 함께 왔네. 밥을 많이 먹어서 그렇지 도움은 될 걸세."

"하하하! 밥값은 하니까 염려 말게!"

주천강은 껄껄 웃고는 도무탄에게 정중히 포권을 했다.

"나 주천강일세."

"도무탄이네."

두 청년 고수는 생전 처음 보는 사이지만 거침없이 말을 놓고 또 의기가 통했다.


모두 탁자 둘레에 자리를 잡아 앉고 나서 도무탄이 한쪽에

시립하듯이 서 있는 당무기를 손으로 불렀다.

"자네도 이리 와서 앉게."

"어이쿠! 무슨 말씀을……."

당무기는 당치도 않다는 듯 두 손을 휘휘 마구 저어댔다.

도무탄은 짧게 명령했다.

"이리 와라."

"넵!"

당무기는 대답과 함께 잽싸게 달려와서 탁자 끄트머리에
무릎을 꿇고 착 앉았다. 이런 종류의 인간들은 좋게 말하면
듣지 않는다.


"뭐어? 그게 정말이냐?"

도무탄은 소운설에게 자신들과 소연풍이 사촌지간이라는
자세한 설명을 듣고 귀를 의심할 만큼 놀랐다. 그것은 꿈에서
조차 상상하지 못했던 일이다.

"정말이에요, 탄 랑."

소운설은 아까 한바탕 태풍처럼 울며불며 난리를 벌였지
만 그 얘기가 나오자 또다시 그때의 감격이 되살아나서 눈물
을 흘렸다.

그녀만이 아니라 소효령도 펑펑 울면서 옆에 앉은 소연풍
을 꼭 끌어안았다.

"정말 훌륭한 동생이 생겼어요."

도무탄은 환하게 웃으며 연신 고개를 끄떡였다.

"어떻게 이런 일이 있을 수가 있지? 이건 평생에 두 번 다시 없을 경사로군."

소연풍은 자신의 양옆에 앉은 소효령과 소당림, 그리고 도무탄이 들어오자 그 옆으로 쪼르르 달려가서 앉은 소운설을 일일이 쳐다보고 나서 진심 어린 표정으로 도무탄을 보며 감사를 표했다.

"고맙네, 무탄. 자네가 아니었으면 형제나 다름없는 이들을 나는 죽을 때까지 절대로 만나지 못했을 것이네."

빈말이 아니라 사실이 그랬다. 소연풍이 도무탄을 만나러 파양현에 오지 않았더라면, 그리고 도무탄이 그를 초대하여 소운설더러 접대하라고 지시한 이런 여러 개의 우연의 일치가 한날한시에 딱 맞아떨어지지 않았더라면 오늘의 기적은 절대로 일어나지 않았을 것이다.

도무탄은 정말 기분이 날아갈 듯이 좋아서 어깨를 흔들며 유쾌하게 웃었다.

"하하하! 정말 기분이 좋군! 오늘은 우리 모두 죽을 만큼 실컷 먹고 마시자!"

"하하! 오늘 술은 내가 사겠다!"

소연풍이 손바닥으로 제 가슴을 두드리며 웃었다. 그는 한 번도 이런 식으로 호기를 부린 적이 없었지만 오늘은 그러고 싶었다.

그러자 주천강이 어? 하는 표정으로 물었다.

"연풍이 너 돈 있어?"

소연풍은 원래 돈하고는 인연이 멀다. 돈 생기는 일 같은 것은 일체 하지 않으니까 언제나 돈에 쪼들렸다.

"있지."

소연풍이 또다시 가슴을 두드리자 품속에 든 돈주머니가 철렁거리면서 소리를 냈다.

주천강은 소효령에게 물었다.

"여기 이 정도로 거하게 마시려면 돈이 얼마 정도 있어야 하오?"

소효령은 방그레 미소 지으며 적화루 총관의 입장으로 돌아가서 설명했다.

"이 정도 요리상에 아까 악사들과 무희들을 불렀으니까 보통 은자 삼백 냥쯤 들고, 거기에 천하십기의 제일기인 적화를 불렀으니까 따로 이백 냥이 더 듭니다. 그래서 도합 은자 오백 냥이에요."

주천강은 소연풍을 보며 거보라는 듯 껄껄 웃었다.

"핫핫핫! 아까 주루에서 계산할 때 너 돈주머니에 은자 이십 냥 들어 있는 거 내가 봤는데 그걸로 퍽이나 여기 술값을

낼 수 있겠구나!'

주천강과 소연풍은 평소 너니 내니 하고 불알친구처럼 지내는 모양이다.

주천강이 약 올리듯이 웃으니까 소연풍은 씁쓸한 표정을 지으며 한풀 꺾였다.

"그럼 다음에 사지."

"오늘은 소매가 한턱 낼 테니까 편하게 드세요."

소운설이 배시시 미소 지으며 말하자 생전 처음 혈육을 만난 소연풍은 두 손을 저었다.

"아니다, 운설아. 너는 이 기루의 루주이지 주인은 아니잖느냐. 그런데 어찌 그런 부담을 지울 수 있겠느냐?"

"소매가 이곳 주인은 아니지만 그 정도 재량은 있어요, 연풍 오라버니."

그때 도무탄이 품속에서 부스럭거리면서 뭔가를 꺼냈다.

"에또… 그러니까……."

그는 한 장의 누런색의 문서 같은 것을 소운설 앞의 탁자에 내려놓았다.

탁!

"옛다. 네 거다."

소운설은 적화루 매매거래 문서를 자세히 들여다보다가 화들짝 놀라 도무탄을 바라보았다.

"탄 랑……."

도무탄은 빙그레 미소 지었다.

"조금 전에 엄홍기 엄 대인을 만나서 대금을 치렀으니까 이제부터 적화루는 네 것이다."

"탄 랑, 소녀는……."

도무탄은 그녀가 무슨 말을 하려는지 미리 짐작하고 아예 못을 박았다.

"딴소리하면 적화루를 당무기에게 줘버리겠다."

"……."

당무기는 두 손을 모으고 소운설에게 익살스러운 표정을 지으며 간청을 했다.

"루주, 부디 끝까지 받지 않겠다고 사양하십시오. 이 기회에 나도 한번 부자 돼봅시다… 캑!"

그는 갑자기 애간장이 끊어지는 소리를 내며 눈동자가 휙 돌아갔다.

가까이에 앉아 있던 주천강이 손을 뻗어 그의 뒷목을 슬쩍 움켜잡았기 때문이다.

"연풍, 말만 해라. 이 작자 죽여 버릴까?"

소연풍이 고개를 끄떡이며 짧게 대꾸했다.

"죽여."

주천강이 당무기가 어떻게 하는지 보려고 뒷목을 잡은 손에 약간 힘을 풀자 그는 미친 듯이 버둥거리며 울부짖었다.

"으아아一! 자, 잘못했습니다! 살려주십시오!"

독보창룡이나 무적검룡 정도 되는 엄청난 인물들이 장난 따위를 칠 것이라고는 추호도 생각하지 않는 당무기라서 눈물 콧물을 흘리며 아우성을 쳤다.

주천강은 당무기의 뒷목을 놓고 나서 등을 두드리며 껄껄 웃었다.

"하하하! 그러니까 쓸데없는 욕심 부리지 말고 앉아서 술이나 마시게."

"하하하하!"

"호호홋!"

"당무기 오줌 쌌나 모르겠군!"

모두들 당무기를 보며 와아! 하고 박장대소했다.

소운설은 도무탄이 준 문서를 손에 쥐고 그윽하게 소연풍을 바라보았다.

"연풍 오라버니, 이젠 소녀가 오늘 술을 사도 되겠지요?"

소연풍은 고개를 끄떡이며 벙긋 미소 지었다.

"그래."


소연풍은 나란히 앉아 있는 도무탄과 소운설을 보면서 진지한 표정으로 물었다.

"운설아, 그런데 너희 둘은 무슨 관계냐?"

소운설이 줄곧 도무탄을 '탄 랑'이라 부르는가 하면 그의 곁에 찰싹 붙어 앉아서 마치 연인이나 부인처럼 그를 챙기는 모습을 눈여겨 봤기 때문이다.

"연풍 오라버니, 저희는……."

소연풍은 소운설이 당황하고 도무탄도 어색한 표정을 짓는 것을 보고는 자신의 옆에 앉은 소당림에게 말했다.

"당림 형님께서 아는 대로 말해주십시오."

도무탄과 소운설 사이에 필시 무슨 깊은 곡절이 있고, 그들에게 물으면 각기 자신의 입장에서 말을 할 테니 정확한 설명이 아닐 것이라 판단한 것이다.

소연풍의 대꼬챙이 같은 성격을 익히 알고 있는 도무탄은 이러지도 저러지도 못하고 그냥 술만 마셨다.

소당림은 주먹을 입에 대고 낮게 헛기침을 했다.

"그럼 내가 아는 대로 얘기하지."

# 第九十二章

살수대전(殺手對戰)

소당림이 설명을 하는 동안 실내는 숨소리만 들릴 만큼 조용했다.

도무탄과 소운설의 만남을 시작으로 도무탄이 그녀의 목소리를 되찾아준 것과 원수인 천궁삼마를 소씨 삼 남매가 직접 죽일 수 있도록 수라전에서 그들을 제압하여 납치한 일, 그리고 마지막으로 모두들 똑똑히 본 것처럼 도무탄이 적화루를 사서 소운설에게 준 것 등을 소당림은 이각에 걸쳐서 자세하게 설명해 주었다.

"여기까지가 내가 아는 전부다."

소당림은 설명을 끝내고 나서 갈증을 느끼는지 연거푸 석 잔의 술을 마셨다.

그는 마치 무거운 짐을 등에 지고 있다가 내려놓은 것 같은 얼굴이다.

그가 한 설명은 제삼자의 눈으로 지켜본 지극히 객관적인 내용이었다.

그 설명을 도무탄이 하거나 아니면 소운설이나 소효령이 했다면 또 달라졌을 것이다.

소효령은 소당림을 곱게 흘겨봤다. 그가 중요한 얘기를 빠 뜨렸기 때문이다.

도무탄이 소운설의 목소리를 되찾아주었던 날 술에 만취 한 그가 그녀에게 무슨 짓을 했는지 그 자리에 같이 있었던 소당림도 똑똑히 봤을 것이다.

그때 소효령과 소당림은 짐짓 못 본 체했었고, 장차 도무탄 과 소운설이 좋은 연인 관계로 발전할 것이라 굳게 믿고 있었 기 때문이다.

그런데도 소당림이 거기에 대해서는 한마디도 하지 않아 서 소효령은 그게 불만인 것이다.

그 얘기를 해야만 소운설에게 유리하기 때문이다. 친구인 소연풍이 뭔가 한마디를 하면 도무탄도 어쩔 수 없을 것이라 고 여겼다.

설명을 듣고 난 소연풍은 적잖이 놀라는 표정을 짓더니 곧 탁자에서 뒤쪽으로 물러나 무릎을 꿇고 두 손으로 바닥을 짚은 자세에서 도무탄에게 깊이 고개를 숙였다.

"무탄, 고맙네."

소연풍으로서는 평생 누군가에게 이런 식으로 치하를 하는 것이 처음 있는 일이다.

"아니, 그게 아닐세."

도무탄은 착잡한 표정으로 손을 저었다.

"무슨 소린가? 그런 막중한 은혜를 베풀었다면 여기에 있는 소씨 세 사람이 죽을 때까지 자네의 종이 되어 은혜를 갚아야 할 걸세."

소연풍은 고개를 들고 도무탄을 바라보며 진중하게 말했다.

"그게 아니라니까. 사실 나는 운설을……."

도무탄은 자신이 소운설을 수라마룡에게 연결시켜 주고 그 대가로 수라마룡의 천하대업을 중지시키려고 하는 이른바 미인계(美人計)를 쓰려고 했다는 사실에 대해서 고백하려고 했다.

그런데 갑자기 옆에 앉은 소운설이 탁자 밑으로 그의 팔을 살짝 꼬집었다. 그 바람에 그는 말끝을 흐리고 그녀를 쳐다보았다.

그러나 그녀는 도무탄의 시선을 모른 체하고 방그레 미소를 지으며 소연풍에게 말했다.

"이분을 처음 만난 날 소녀는 이분 덕분에 칠 년 만에 목소리를 되찾고 너무 기분이 좋아서 술을 많이 마셨댔어요. 그때 장난으로 탄 랑이라고 부르기 시작했는데 그게 입에 배서 이제는 떨쳐 버리기가 어려워요."

그녀는 겸연쩍은 표정을 지으면서도 무의식중에 도무탄의 팔을 두 팔로 가슴에 꼭 안았다.

그녀의 풍만한 젖가슴의 감촉이 팔로 고스란히 전해지자 도무탄은 복잡한 심정에 사로잡혔다.

그녀가 매정하고 자신의 사리사욕만 챙기는 성격이라면 그녀를 떨쳐 내도 마음이 가벼울 텐데, 이토록 착하고 희생적이라서 심기가 불편한 것이다.

"이분도 그걸 뭐라고 하지 않으셔서 이제는 그냥 호칭처럼 부르고 있어요."

"그랬었구나."

소연풍은 알았다는 듯 고개를 끄떡였다. 하지만 그는 눈이 매운 사람이라서 한 번 보고서도 일이 어떻게 된 것인지 즉시 간파했다.

소연풍이 자신과 주천강이 파양현에 온 이유에 대해서 설명을 했다.

"무정혈살대가 자넬 노리고 있네."

"그걸 어떻게 알았나?"

"내가 안 게 아니고 천강이 알아냈지."

소연풍이 턱으로 자신을 가리키는 것을 보고 주천강이 밝은 표정으로 말했다.

"나는 꽤 오랫동안 무정혈살대의 표적이 되어 쫓기다 보니까 그들에 대해서 꽤 많은 것을 알게 됐네. 그들의 습성이나 살수 수법, 다니는 경로, 암호나 표식 따위지."

주천강은 모두들 자신을 주시하자 술 한 잔을 입에 쏟아붓고 나서 설명을 이었다.

"얼마 전에 나는 무정혈살대의 무정살수들만이 사용하는 표식을 우연히 발견하여 그것을 해석하고는 호기심에 표식이 나타내는 그들의 비밀 장소에 가보았네."

소운설 등은 무정혈살대가 도무탄을 노린다는 사실을 처음 알게 되어 몹시 긴장하여 한마디도 놓치지 않으려는 듯 귀를 기울였다.

"그래서 그들의 대화를 듣고 무정혈살대가 자네를 죽이기 위해서 삼십 명의 무정살수를 파견했으며 이미 자네를 발견하여 그곳으로 가고 있다는 사실을 엿들었지."

먹성이 좋은 주천강은 맛있게 구워진 오리 다리 하나를 집어 우걱우걱 씹으면서 오리 다리로 소연풍을 가리켰다.

"일전에 연풍이 자네하고 친구라는 사실을 말해준 적이 있어서 즉시 연풍에게 연락을 했더니 저 친구가 화살처럼 빨리 달려오더군."

용모로 치자면 도무탄이나 소연풍 뺨칠 정도로 잘생긴 그는 조금 못마땅한 듯 입에서 고기 조각이 튀어나올 정도로 불만을 터뜨렸다.

"일전에 내가 무슨 일이 있어서 부른 적이 있었는데 그때는 어찌나 늑장을 부리던지… 그런데 저 녀석이 자네 일이라니까 눈썹이 휘날리도록 달려왔다네. 쯧쯧……."

소연풍이 주천강의 말을 받았다.

"무정혈살대가 무정살수 삼십 명을 파견할 정도면 특급청부야. 그래서 자넬 도와주려고 무정살수들을 쫓아서 여기까지 온 걸세."

"그랬군. 고맙네."

도무탄은 가슴이 훈훈했다. 소연풍처럼 믿음직한 친구가 있다는 사실이 얼마나 든든한지 모른다.

더구나 일면식도 없는 주천강까지 친구의 친구를 도우려고 먼 길을 한달음에 달려오다니, 이런 걸 보고 사람들은 살맛이 난다고 그럴 것이다.

그래서 도무탄은 자신이 지금까지 인생을 헛되이 살지는

않았다는 생각이 들었다.

차제에 그는 수라마룡의 일에 소운설을 이용하는 것을 그만두기로 마음먹었다.

원래 그 일에 대해서 구상할 때나 소운설에게 말할 때에도 얼마나 속이 켕기고 찜찜했었는지 모른다.

이제 소운설이 소연풍의 사촌인 것을 알았으니 하늘이 두 쪽 나는 일이 있어도 그녀에게 해가 되는 일을 해서는 안 될 터이다.

주천강이 궁금한 듯 도무탄에게 물었다.

"그런데 자넨 무정혈살대의 표적이 된 사실을 이미 알고 있었던 것 같은데, 어떻게 알게 된 건가?"

도무탄은 아미파 제자였던 명림과 무정살수였던 부원에 대해서 설명해 주었다.

주천강은 고개를 크게 끄떡였다.

"좋은 일을 하면 반드시 보답을 받는 법인데 자네는 많은 선행을 베풀었으니 사해(四海) 어디를 가도 위험에 처하는 일은 없겠군."

술고래 세 명이 모이니까 술자리는 끝날 줄 모르고 계속 이어졌다.

소효령은 취해서 사촌동생 소연풍의 무릎을 베고 누워서

곤히 잠이 들었다.

소당림도 몹시 취했으나 상체를 흔들거리면서도 소연풍 옆에 앉아서 버티고 있다.

소운설과 당무기가 의외의 강적이다. 두 사람은 도무탄들보다 더 마셨으면 더 마셨지 절대 덜 마시지 않았는데도 아직 멀쩡하게 앉아서 끝없이 건배를 하고 있다. 새로운 술고래의 등장이다.

"그런데 수라마룡은 왜 만나러 왔나?"

도무탄하고 많이 친해진 주천강이 그와 잔을 부딪치면서 지나가는 말처럼 물었다.

"넘어야 할 산이야."

서두를 그렇게 뗀 도무탄은 수라마룡의 천하대업이라는 것에 대해서 짧게 설명을 해주었다.

"이런 정신 나간 놈을 봤나. 마도면 마도답게 어두컴컴한 곳에 틀어박혀 쥐 죽은 듯이 있을 것이지 어딜 감히 천하를 넘봐?"

주천강은 소매를 둥둥 걷어 부치면서 벌컥 화를 냈다.

"현재 나는 절세불련으로부터 동무림을 탈환하여 새롭게 정비를 하고 있는 중일세."

도무탄의 말에 주천강이 고개를 끄떡였다.

"들었네."

"나로서는 절세불련이 틀어쥐고 있는 무림을 해방시키는 일조차도 버거운데 수라마룡의 마도까지 상대해야 하는 것은 지나치게 큰 부담일세."

항상 밝기만 한 주천강의 표정이 어두워졌다.

"나는 자네에 대해서 연풍에게 들었네. 그래서 자네가 천하무림을 놓고 절세불련을 상대로 싸우는 것이 자네의 사리사욕을 위한 것이 아니라고 믿고 있었네."

도무탄은 고개를 끄떡였다.

"어떤 특정한 인물이 천하무림을 장악하려는 이유는 권력과 명성, 재물, 뭐 그런 것을 얻으려는 것이겠지만 나는 권력과 명성 같은 거에는 원래 관심이 없어. 그리고 재물이라면 넘치도록 많네. 그러니까 사리사욕 때문에 그런 골치 아픈 일을 하지는 않지."

소연풍이 술잔을 들면서 턱으로 도무탄을 가리켰다.

"그건 내가 보증하지. 왜냐하면 무탄의 관심사는 여자뿐이야. 엄청 색골이거든."

"그래, 맞아. 내 관심사는 여자… 응? 뭐야? 연풍! 친구를 그런 식으로 말하는 건 아니잖아!"

취중에 빙그레 미소 지으면서 대꾸하던 도무탄은 버럭 소리를 질렀다.

주천강이 다시 화제를 본론으로 이끌었다.

"그렇다면 우리가 여기까지 온 김에 아예 수라마룡 일까지 해결을 보고 가는 것은 어떠냐, 연풍?"

"그러지."

소연풍이 고개를 끄떡이자 도무탄은 반색했다.

"정말인가? 그래주겠나?"

"친구로서 당연한 일 아닌가?"

그러나 소운설은 적잖이 걱정하는 표정으로 소연풍을 바라보았다.

"연풍 오라버니, 상대는 수라마룡인데 괜찮으시겠어요?"

"최선을 다해봐야지."

소연풍은 겸손한 미소를 지었다.

당무기가 소운설을 보며 어이없는 듯한 표정으로 물었다.

"운설 소저, 지금 누굴 걱정하는 겁니까?"

"그야……."

당무기는 공손하게 두 손을 모아서 뻗어 도무탄과 소연풍, 주천강을 두루 가리켰다.

"천하육룡의 삼룡이 함께 행동을 하는데 수라마룡인들 별수 있겠습니까?"

소운설은 크게 놀라서 눈을 동그랗게 뜨고 소연풍과 주천강을 번갈아 바라보았다.

"대체 누가 천하육룡이라는 건가요? 설마 연풍 오라버니와

주 상공이……."

"그렇습니다. 이분은 무적검룡이시고 또 이분은 독보창룡
이십니다. 몰랐습니까?"

"……."

소운설은 대경실색하여 눈을 휘둥그렇게 뜨고 소연풍과
주천강을 쳐다보았다.

그녀는 설마 처음 만난 사촌오빠 소연풍이 천하육룡의 하
나인 무적검룡일 줄은 꿈에도 상상하지 못했었다.

"연풍 오라버니……."

소연풍은 쑥스럽게 웃었다.

"부질없이 높은 명성만 얻은 것이다."

"아니에요, 연풍 오라버니. 천하육룡은 당금 무림의 최고
수들이에요."

"그래… 운설아… 천하육룡은 최고수지……."

몹시 취해서 흐느적거리고 있던 소당림이 게슴츠레한 눈
으로 소운설을 보면서 중얼거렸다.

"나 같은 건 천하육룡에 비하면 그저 한 마리 벌레나 다름
이 없지… 벌레……."

쿵!

소당림은 중얼거리다가 그대로 얼굴을 탁자에 처박고 나
서 잠이 들었다.

새벽이 되기 전에 도무탄과 소연풍, 주천강은 적화루를 나와서 도무탄의 장원인 망향장에 모였다.

세 사람이 이미 무정혈살대나 수라전에 노출됐을지도 모른다는 가정하에 평범한 손님으로 변장을 하고 한 사람씩 적화루를 빠져나와 망향장으로 온 것이다.

"무탄, 달밤에 몸 좀 풀어보지 않을 텐가?"

탁자 둘레에 앉자마자 주천강이 불쑥 말했다.

"좋지."

도무탄은 무슨 일인지도 모른 채 덮어놓고 고개를 끄떡였다.

주천강은 도무탄과 소연풍에게 동시에 전음으로 말했다.

[무정혈살대가 공격할 때까지 기다릴 게 아니라 우리가 먼저 놈들을 급습하는 거야.]

도무탄은 갑자기 신바람이 나서 눈을 빛냈고, 소연풍은 표정의 변화 없이 덤덤했다.

무정혈살대가 도무탄을 암살하려고 파양현에 모였다는데 도무탄이 공격을 당하기 전에 외려 먼저 그들을 급습하자는 계획이니 이는 실로 통렬하게 허를 찌르는 일이다.

무정혈살대로서는 급습을 당할 것이라고 추호도 예상하지 못하고 있을 터이다.

[무정혈살대가 어디에 있는지 알고 있나?]

[어느 곳에 있을지 대강 알고 있네.]

도무탄은 손가락 마디를 똑똑 소리 나게 부러뜨리며 미소를 지었다.

[이미 파양현에 들어와 있겠지?]

[물론이야. 우린 파양현에 오자마자 놈들이 있을 만한 곳을 이미 둘러보았네.]

도무탄은 창을 쳐다보았다.

[자네가 갑자기 전음을 하는 이유는 놈들이 이 장원에 잠입했기 때문인가?]

주천강은 선량한 미소를 지으며 고개를 끄떡였다.

[그렇네. 조금 전에 들어오다가 두 놈이 장원의 은밀한 곳에 은둔해 있는 기척을 감지했네.]

잠자코 있던 소연풍이 불쑥 중얼거렸다.

"놈들은 이미 갔다."

"어… 그래?"

도무탄은 장원에 들어올 때 누가 미행을 했거나 미리 잠입해 있을 것이라고는 생각하지 않았기에 공력을 일으켜서 기척을 살피지 않았었다.

그런데 주천강과 소연풍은 그런 것까지 염두에 두고 무정살수의 기척을 감지했다는 것이다.

도무탄은 자신이 이 두 사람에 비해서 경험이 많이 부족하다는 사실을 새삼 깨달았다.

또한 도무탄이 비록 주의해서 기척을 감지하려고 시도하지 않았다고 하더라도 초절고수인 그의 이목을 감쪽같이 속이고 장원에 잠입해 있었던 무정살수의 은신술은 가히 놀라운 수준이 아닐 수 없다.

만약 주천강과 소연풍이 아니었다면 도무탄 혼자 있다가 무정혈살대의 급습을 당했을 수도 있다.

부원에게 무정혈살대의 살수 수법에 대해서 완벽하게 배웠다고는 하지만 훈련과 실전은 엄연히 다르다.

도무탄은 실전에서 살수 수법을 전혀 사용해 본 적이 없으므로 단 한 번의 실수가 자칫 죽음이나 큰 불상사로 이어질 수도 있는 것이다.

"자, 그럼 무정살수들을 찾아 나서 볼까?"

주천강이 먼저 자리를 털고 일어섰다.


인시(寅時:새벽 4시) 무렵. 공력으로 취기를 깡그리 몰아낸 도무탄과 소연풍, 주천강 세 사람은 파양호를 향해서 질주하고 있다.

튼튼한 준마가 전속력으로 달리는 속도보다 두 배 정도의 속도로 주천강이 앞서고 도무탄이 두 번째로, 소연풍이 마지막에서 따르고 있다.

세 사람이 달리는데도 옷자락이 바람에 날리지도 않았고 일체의 파공음도 나지 않았다.

천하육룡의 삼룡이 함께 행동하는 것은 이것이 최초이며 훗날 이 사실이 무림에 알려지기라도 한다면 무림사에 오랫동안 남게 되리라.

망향장을 출발한 지 일각 남짓 되었을 때 세 사람은 파양호변의 어느 우거진 갈대숲 바깥쪽에 도착했다.

[놈들이 이곳 어딘가에 은둔해 있는 것을 확인했었어.]

갈대숲 바깥에서 주천강이 두 사람에게 전음을 보냈다.

[갈대숲이 너무 넓군.]

소연풍이 말하는 것처럼 갈대숲은 호숫가에 폭 수백 장에 길이가 몇 리에 걸쳐서 길게 펼쳐져 있었다.

그러므로 이곳에서 무정살수들을 찾아내는 일은 쉽지 않을 것 같았다.

[끝에서부터 차근차근 찾아보자구.]

[잠깐.]

주천강이 말하면서 왼쪽으로 몸을 날리려고 할 때 도무탄이 그의 옷자락을 붙잡았다.

[놈들이 내 장원에 잠입했었다면 쉽게 찾아낼 수 있네.]

도무탄은 회심의 미소를 지으면서 품속에서 작고 붉은색

의 옥병 하나를 꺼내 마개를 열고 옥병 입구에 손가락을 대고
는 뒤집어 약간의 액체를 묻혔다.

그리고는 손가락을 코끝에 대고 액체를 살짝 바르면서 흐
릿한 미소를 지었다.

[장원에 무색무취의 만리추적향을 뿌려놓았기 때문에 놈들
이 어딜 가더라도 찾아낼 수 있네. 또한 한 놈만 묻히고 갔더
라도 향이 다른 놈들 전부에게 옮겨 묻었을 테니까 달아나더
라도 손바닥 안에 있는 셈이지.]

망향장 곳곳에 만리추적향을 뿌려놓자고 한 것은 당무기
의 발상이었다.

그리고 만리추적향을 추적할 수 있는 액체가 든 옥병도 그
가 도무탄에게 주었다.

소연풍과 주천강도 도무탄에게서 옥병을 받아 똑같은 방
법으로 코끝에 액체를 발랐다.

주천강이 코를 세우고 바람의 방향에 따라서 킁킁거리는
시늉을 하며 갈대밭을 죽 훑어보더니 회심의 미소를 지으며
한곳을 주시했다.

[흠. 여인네 분 냄새 같은 이 향이 맞다면 바로 저기에 놈들
이 모여 있군.]

그는 도무탄과 소연풍에게 당부했다.

[내게 한 가지 좋은 생각이 있으니까 놈들을 죽이지 말고

제압만 하게.]

도무탄과 소연풍이 가볍게 고개를 끄떡이는 것을 보며 그
가 하나 더 당부했다.

[나하고 무탄이 급습하고 연풍은 바깥으로 튀어나오는 놈
들을 맡게.]

스읏······.

말과 함께 주천강은 갈대숲으로 스며들어 오른쪽으로 유
령처럼 쏘아갔다.

만리추적향에 의해서 무정살수들이 어디에 있는지 정확하
게 알고 있는 것이다.

삭—

도무탄은 발끝으로 가볍게 땅을 박차고 찰나지간에 밤하
늘 수십 장 높이로 솟구쳤다.


도무탄은 추호의 기척도 없이 밤하늘 삼십여 장 높이로 솟
구쳐 올라 정지했다.

그런데 그는 저 아래 갈대숲 속에서 아무것도 발견하지 못
하고 순간적으로 어리둥절해졌다.

'아무도 없다는 것인가?'

그럴 리가 없다고 생각한 그는 안력을 돋우어 만리추적향
의 향내가 발산되는 지역을 자세히 살펴보았다.

'있다!'

그 결과 무성한 갈대숲 속 여기저기에 드문드문 검은 물체가 웅크리고 있는 것을 발견했다.

그런데 그가 예상했던 광경이 아니다. 그는 무정살수들이 휴식을 취하고 있다면 한데 모여서 편안한 자세로 있을 줄 알았었다. 명색이 휴식이기 때문이다.

그러나 그의 예상은 철저하게 빗나갔다. 그들은 무성한 갈대숲 속에서도 찾아내기 어려울 정도로 완벽하게 은둔해 있었던 것이다. 그 상태에서 휴식을 취하고 있었다.

도무탄이 발견해낸 무정살수는 다섯 명이다. 동원된 무정살수가 모두 삼십 명이라고 했는데 다른 이십오 명은 아무리 살펴봐도 어디에 있는지 찾을 수가 없다.

'응안색(鷹眼索)을 발휘해야겠다.'

응안색은 부원에게 배운 수십 종류의 살수 수법 중에 하나이며, 글자 그대로 매의 눈으로 표적을 찾아내는 무정혈살대 고유의 수법이다.

이 수법을 발휘하면 극히 미미한 움직임은 물론이고 움직임이 없는 사물과 움직이는 사물, 그리고 살아 있는 생물을 정확하게 구별해 낼 수가 있다.

그는 응안색의 구결을 한 차례 외우면서 재빨리 공력을 왼쪽 눈으로 보냈다.

한 차례 눈을 감았다가 뜨자 동공의 크기가 반으로 줄어들면서 새카맣게 변했다.

동공이 작아진다는 것은 그만큼 사물을 정확하게 볼 뿐만 아니라 빛을 많이 흡수하여 밝게 볼 수 있다는 뜻이다. 즉 그것이 바로 매의 눈 '응안'이다.

매는 동물 중에서도 시력이 가장 좋으며 인간에 비해서는 수십 배나 뛰어나다.

'됐다.'

도무탄은 반경 십오 장 이내에 무정살수 이십여 명이 은둔해 있는 것을 발견하고 즉시 머리를 아래로 하여 쏜살같이 수직강하를 시작했다.

수우…….

그런데 그가 지상에 도달하기도 전에 갈대숲 한쪽에서 한 줄기 흰빛이 긴 꼬리를 남기면서 쏘아들며 무정살수들이 은둔해 있는 곳으로 파고들었다.

백의 단삼을 입고 있는 주천강이라서 한밤중에도 즉시 눈에 띄었다.

그는 무정살수들이 모여 있는 곳으로 뛰어들며 일부러 갈대를 건드려 요란한 소리를 냈다.

와사사삭—

무정살수들을 일일이 한 명씩 찾아내는 것보다 한꺼번에

상대하겠다는 뜻이다.

이를테면 숨어 있는 새들을 놀라게 해서 허공으로 날아오르게 한 다음에 공격하자는 것이다.

바로 그 순간 은둔해 있던 무정살수들이 일사불란하게 행동을 개시했다.

공격자가 누군지도 파악하지 못한 상황에서 무정살수 다섯 명이 공격자, 즉 주천강을 향해 곧장 쏘아갔으며, 나머지는 독수리가 날개를 활짝 펼치듯이 양쪽 방향으로 좌악 벌어져서 공격자의 좌우와 후미 쪽으로 쏘아갔다.

다섯 명이 정면에서 공격하는 동안 다른 이십오 명이 좌우와 후미에서 포위하여 완벽하게 퇴로를 차단, 협살(挾殺)하는 고도의 살수 수법이다.

공격자가 누군지 미리 알았다면 적절한 수의 무정살수들이 반격에 나서겠지만 공격자가 누군지 모르는 상태이기 때문에 전체가 반격하는 것이다.

갈대숲이 워낙 우거진 상황이라서 상대의 흐릿한 모습이나마 발견하려면 일 장 반, 그리고 얼굴을 식별하려면 최소한 일 장까지는 접근을 해야만 한다.

빽빽한 갈대숲의 특성상 갈대를 건드리지 않고 움직일 수는 없는 노릇이다.

그러나 무정살수들은 분명히 갈대를 건드리면서 움직일

텐데도 아무 소리도 나지 않았다.

또한 그들 삼십 명은 공격자를 향해 쏘아가면서 일제히 검을 뽑았는데도 검을 뽑는 소리, 즉 발검명(拔劍鳴)이 일체 나지 않았다.

이른바 무명발검식(無鳴拔劍式)이며, 이것 하나만 숙달시키는 데에도 몇 년의 세월이 요구된다.

정면에서 부챗살처럼 펼쳐져서 공격자를 공격해 가던 다섯 명의 무정살수는 공격자하고의 거리가 일 장 안으로 좁혀지자 일순 움찔했다. 비로소 공격자의 얼굴을 발견하고 놀란 것이다.

무정혈살대 역사상 그들을 가장 많이 괴롭히고 또 죽인 인물이 바로 주천강이다.

살인청부를 맡은 지 사 년여가 지나도록 아직도 죽이지 못하고 있는 표적이 또한 주천강이기도 하다.

뿐만 아니라 무정혈살대 휘하의 살수치고 주천강하고 싸워보지 않은 살수가 없으며, 대부분 그에게 혼쭐이 나서 도망쳐본 뼈아픈 경험이 있다.

그러니 주천강과 마주치면 반사적으로 오금이 저리고 등골이 쭈뼛하는 것은 절대로 이들의 잘못이 아니다. 쥐가 고양이를 만나면 일으키는 본능적인 공포가 바로 그것이기 때문이다.

오늘 무정살수들은 최악의 실수를 한두 개도 아니고 수두룩하게 저지르고 있는 중이다.

공격자가 주천강이라는 사실을 너무 늦게 깨달은 것이 첫 번째 큰 실수이며, 최초의 정면 공격자 다섯 명의 무정살수가 주천강을 발견하고 놀라서 공격을 멈칫 중지한 것이 두 번째 실수다.

그뿐 아니라 하던 공격을 계속해야 하는데도 그 즉시 신형을 뒤집어 도망치면서 그중 한 명이 다급하게 휘파람을 짧게 불었다.

삐이익―

제정신이었다면 이런 식의 도망치라는 휘파람을 불지는 않았을 것이다.

그렇지만 그동안 주천강에게 얼마나 당했으면 부지불식간에 어마뜨거라 하고 혼비백산하여 공격을 멈추고 도망치라는 휘파람을 불었겠는가.

무정혈살대가 발족한 이래 표적과 싸우다가 도주 신호를 발효한 적은 한 번도 없었다.

그러나 주천강이 표적이 된 이후부터 가끔 발효되었다. 그러다가 이후에는 그를 공격하다가 여차하면 무조건 도주 신호가 발효했었다.

그 정도로 무정혈살대에게 주천강은 천적으로 각인되어

있는 것이다.

스사아아―

주천강을 공격해 가던 삼십 명의 무정살수가 일제히 허공에서 신형을 뒤집었다.

은영술(隱影術)을 전개하여 그 자리에서 연기처럼 사라지려는 것이다.

"하하하! 은영술이냐?"

그 순간 무정살수들이 무엇을 하려는 것인지 대번에 간파한 주천강의 양손이 전면으로 쭉 뻗었고 다섯 줄기 금빛 지풍이 번쩍이며 뿜어졌다.

파파팍…….

"크윽…….."

"끅…….."

무림에서는 절대로 찾아볼 수 없는 독특하면서도 막강한 지공이다.

주천강 전면에서 공격을 시도하다가 당황하여 급작스럽게 신형을 뒤집으며 허공중에서 막 사라지려고 하고 있는 다섯 명의 무정살수 중에 세 명이 지풍에 적중되어 지상에 처 박혔다.

자고로 무정살수들이 주천강을 만나서 낭패를 당하지 않은 경우가 별로 없었는데 오늘도 예외가 아니다.

"어딜 가려고?"

주천강은 자신을 공격하던 이십칠 명이 순식간에 사라졌으나 개구쟁이 같은 표정을 지으며 쏘아가던 속도를 조금도 늦추지 않은 채 슬쩍 왼쪽으로 방향을 바꾸면서 오른손을 뻗어 먼지를 털듯이 가볍게 흔들었다.

순간 금빛의 회오리 같은 두 줄기 기류가 번쩍이며 폭사되어 나갔다.

뻐뻑!

"캑!"

"흑!"

그가 쏘아가는 방향 일 장 반 거리 아무것도 없는 허공에서 답답한 신음 소리가 터지더니 곧 두 명의 무정살수가 흐트러진 자세로 모습이 나타나며 지상으로 떨어졌다. 지풍에 적중당한 순간 은영술이 파훼된 것이다.

주천강은 무정혈살대의 수법에 대해서 훤하게 꿰고 있으므로 무정살수들 모습이 보이지 않더라도 전혀 개의치 않고 손속을 발휘했다.

더구나 지금은 만리추적향을 맡을 수 있는 액체를 코끝에 발랐으므로 호랑이에게 날개가 달린 셈이다.

퍼퍼퍽퍽…….

"끄으……."

"허윽……."

그런데 갑자기 주천강 뒤쪽 아무것도 없는 허공중에서 둔탁한 음향과 답답한 신음이 연달아 터졌다.

허공에서 내려꽂히던 도무탄이 무형지기를 발출하여 한꺼번에 네 명을 적중시킨 것이다.

까마득한 밤하늘에 또 다른 공격자, 장차 제이의 주천강으로 예정된 도무탄이 떠 있을 것이라고는 전혀 예상하지 못했던 무정살수들은 속수무책으로 당하고 말았다.

무정살수들이 은영술을 발휘하여 눈 깜짝할 사이에 사라졌으나 도무탄은 왼쪽 눈을 매의 눈, 즉 응안색으로 만들었기 때문에 그들의 모습이 너무도 잘 보였다.

스퍼퍽!

"크억!"

"흑……."

도무탄은 지상에 내려서지 않고 허공 이 장 높이에 떠서 주위를 둘러보며 이리저리 무형지기를 발출하여 무정살수들을 때려잡았다.

그 광경은 마치 논바닥에서 달아나는 메뚜기를 때려잡는 것과 흡사했다.

그사이에도 주천강은 이리 뛰고 저리 뛰고 하면서 몇 명의 무정살수를 더 거꾸러뜨렸다.

그런데 한순간 둔탁한 음향도 신음 소리도 뚝 그치고 사위가 쥐 죽은 듯이 고요해졌다.

"무탄, 몇 명 남았지?"

보이지 않는 갈대숲 속 어디에선가 주천강의 해맑은 목소리가 들려왔다.

"열일곱 명일세."

퍼퍽!

"끄윽……."

"컥!"

바로 그때 갈대숲 바깥에서 신음 소리가 들려오자 도무탄은 즉시 정정했다.

"방금 열다섯 명으로 줄었네."

갈대숲 밖으로 도주하는 무정살수 두 명을 소연풍이 제압한 것이다.

우거진 갈대숲 보이지 않는 곳에서 주천강의 명랑한 웃음소리가 퍼졌다.

"하하하! 무탄! 본격적으로 사냥을 시작하세!"

"알았네."

도무탄이 대답하고 우뚝 선 자세로 지상을 향해 스르르 하강하고 있을 때 돌연 전면과 등 뒤쪽, 그리고 좌우 네 군데에서 뭔가 이상한 기운이 느껴졌다.

그것은 지금까지 그가 경험했던 살기나 위험스러운 기척 같은 것하고는 다른 것이다.

환하게 밝던 주위 경관이 갑자기 시커먼 먹구름이 태양을 가려서 주변이 온통 어두컴컴해지는 것 같은 상황이 바로 이런 것일 게다.

정확하게 어느 방향에서 어떤 경로로 공격이 가해지고 있다는 사실을 확인할 겨를이 없다.

하지만 도주하기에 급급했던 무정살수들이 돌연 공격으로 돌아선 것만은 분명하다.

'암류자(暗流刺)다!'

암류자는 네 방향 혹은 여섯 방향이나 여덟 방향에서 표적을 향해 한 명당 두 자루씩 최소 여덟 자루에서 최대 열여섯 자루까지 단검을 던지는 수법이다. 그러나 표적을 맞추는 것이 목적이 아니다.

물론 단검의 속도가 워낙 빠르고 어둠과 똑같은 색의 흑단검(黑短劍)이라서 육안으로는 보이지 않기 때문에 표적이 그것에 적중되거나 고슴도치 신세가 되는 경우도 더러 있기는 하다.

하지만 암류자는 평범한 수법이 잘 먹혀들지 않는 절정고수 이상의 인물에게만 전개되는 고명한 수법 중에 하나이므로 단순하게 단검에 당하는 표적은 그다지 많지 않다.

암류자의 무서움은 단검이 표적을 스쳐 지나간 다음에 벌어지게 된다.

단검에는 머리카락보다 훨씬 가늘면서도 일반 도검으로는 절대 끊어지지 않는 미강사(微鋼絲)가 최대 십 장 길이로 연결되어 있다.

표적의 곁을 스쳐 지난 단검들을 맞은편에 있는 무정살수들이 잡게 되면 여러 가닥의 미강사가 표적을 중심으로 좁게는 반경 이 장에서 넓게는 오 장까지 거미줄처럼 서로 뒤엉켜서 펼쳐진다.

그리고 다음 순간 무정살수들이 단검을 쥐고 빠르게 이동하면서 양손의 단검을 일정한 규칙에 따라서 휘저으면 암류자의 반경 내에 갇혀 있는 표적은 미강사에 의해서 온몸이 도막 나서 죽고 마는 것이다.

부원은 살수 수법에 대해서 가르치면서 암류자와 몇 가지 수법을 조심하라고 당부했었다.

암류자에 걸려들면 신체가 금강불괴지신이 아닌 이상, 그리고 여러 가닥의 미강사들을 찾아내서 잘라 버리지 않는 이상 위험에 처하게 된다는 것이다.

그렇지만 도무탄은 암류자를 전개할 줄도, 그것을 피할 줄도, 그리고 파훼할 수도 있다. 처음에 그것이 무엇인지 몰랐을 때에는 조금 당황했으나 암류자라는 것을 안 이상 문제될 것은 없다.

파훼 방법은 표적을 스쳐 지나가는 단검을 건드려서 방향
을 살짝 바꿔주는 것이다. 그러면 맞은편에서 단검을 낚아채
야 하는 무정살수가 단검을 놓치거나 심하면 거기에 찔리는
일이 발생한다.

간단한 것 같지만 단검이 워낙 빠르기 때문에 건드리는 것
이 결코 쉽지 않으며, 파훼 방법을 아니까 간단한 것처럼 여
겨지는 것이지 아무것도 모를 때에는 그저 막막하기만 할 뿐
이다.

도무탄은 그 자리에서 빙글 한 바퀴 돌면서 자신을 향해 쏘
아오거나 스쳐 지나가고 있거나 이미 스쳐 지나간 단검들을
향해 양손의 손가락들을 부지런히 퉁겨냈다.

투악― 투투웃―

그가 전개하는 수법은 소림사의 탄지신통(彈指神通)과 비
슷하지만 그보다 한 단계 높은 수준이다. 탄지신통이 지공(指
功)인 것에 비해서 그가 전개하는 것은 지강(指罡)이기 때문
이다.

다시 말하지만 그가 전개하는 모든 수법은 용권이라는 모
태(母胎)에서 파생된 잔가지이다. 그것들에 다 이름을 붙이자
면 끝이 없다.

따땅― 쨍―

"흑!"

"큭!"

도합 여덟 번의 맑은 음향과 네 마디의 답답한 신음이 동시에 터졌다.

암중에서 도무탄을 포위한 네 명의 무정살수가 양손으로 각각 두 자루씩의 단검을 날렸었는데 그들 네 명이 모두 단검에 어깨나 팔이 찔린 것이다.

도무탄은 단검을 맞고 순간적으로 비틀거리는 네 명의 무정살수에게 재빨리 무형지기를 발출하여 혈도를 제압해서 쓰러뜨렸다.

촤아아—

그때 갑자기 한쪽 방향에서 거센 바람이 불어왔다. 강풍 속에 조각난 갈댓잎 수백 개가 뒤섞여 회오리를 일으키며 도무탄에게 쏟아져왔다.

'와류초비격(渦流草飛激)!'

도무탄은 방금 파훼한 암류자보다 한 단계 더 높은 최고 수준의 살수 수법인 와류초비격이 전개되고 있음을 간파하고 약간 긴장했다.

암류자나 와류초비격은 그가 실전에서 처음으로 맞닥뜨리는 살수 수법이다.

그러나 부원이 찬탄했을 정도로 완벽하게 배운 살수 수법을 그가 제대로 활용만 한다면 별문제는 없을 터이다.

츄우우와앗—

그 순간 강풍이 다른 방향에서 또 일어났다. 두 번째 와류 초비격이다.

이 수법은 하나의 와류초비격을 최소한 세 명 이상이어야 만 전개할 수가 있다.

한 명은 와류를 일으키고, 또 한 명은 와류에 풀잎이나 낙엽, 꽃잎을 섞어 넣어서 그것을 암기로 변환시키고, 마지막 한 명은 검으로 표적의 숨통을 끊어놓는다. 그리고 최종 공격 시점에서는 세 명이 모두 공격에 가담한다.

쏴아아아—

두 방향에서 두 개의 와류초비격이 도무탄을 향해 마치 세찬 비바람처럼 휘몰아쳐 오고 있다.

회오리바람 안에서 맹렬하게 회전하면서 쏘아오고 있는 갈댓잎의 수가 수만 개에 달한다.

그것들은 하나하나가 모두 뾰족하고 예리한 비수 혹은 암기나 마찬가지이기 때문에 거기에 찔리거나 베이면 치명상을 당하고 말 것이다.

만약 제대로 피하지 못하거나 파훼하지 못한다면 수백 개의 갈댓잎이 스치고 지나가면서 뼈조차 남지 않을 것이다.

도무탄은 하늘거리는 갈댓잎의 뾰족한 끝부분에 발을 딛

고 꼿꼿하게 선 자세에서 두 팔을 단전에 모았다가 별안간 양쪽으로 벌리며 손바닥을 활짝 펼쳤다.

쿠와아앗—

그의 양 손바닥에서 일진광풍이 해일처럼 쏟아져 나갔다.

원래 와류초비격은 장풍으로도 와해되지 않는데 그의 쌍장에 산산이 흩어지며 수만 개의 갈댓잎이 삽시간에 까마득한 밤하늘로 날려 갔다.

장풍으로 와해되지 않는 와류초비격이지만 도무탄의 용천기 앞에서는 태풍 앞의 촛불처럼 힘없이 사그라져 버렸다.

그리고 거기 양쪽 허공에 수만 개의 갈댓잎으로 자신의 모습을 감추어 위장하고 있던 한쪽 방향에 세 명씩 여섯 명의 무정살수의 모습이 고스란히 드러났다.

그들은 무정살수들의 최고 수법 중 하나인 와류초비격을 야심차게 발휘하여 도무탄을 공격하다가 졸지에 털이 다 뽑힌 닭 신세가 되고 말았다.

그들 중에 두 명은 갈댓잎으로 와류를 일으키고 있었으며, 다른 두 명은 갈댓잎을 조종하여 암기화시키고 있었고, 최후의 두 명이 수중의 검을 도무탄을 향해 쭉 뻗어 공격 자세를 취한 모습이다.

그들 여섯 명은 허공중에서 뜨악한 모습으로 멈칫하여 도무탄을 쳐다보다가 한순간 자포자기한 듯 냅다 그를 향해 협공을 시도했다.

파파파팍—

"큭!"

"컥!"

하지만 그들은 도무탄이 발출한 무형지기에 혈도가 제압
되어 나무토막처럼 바닥에 나뒹굴었다.

도무탄은 여전히 갈댓잎 끝에 우뚝 서서 천천히 주변을 둘
러보았다.

한쪽 방향 십오륙 장 떨어진 곳에서 나직하며 답답한 신음
소리가 들리는 것으로 미루어 주천강이 무정살수 잔당을 처
리하고 있는 것 같았다.

도무탄은 왼쪽 눈의 응안색과 코끝에 바른 만리추적향의
액체로 아직 남아 있는 무정살수를 찾으려고 시도했다.

'옳지. 저쪽에 한 놈.'

그는 갈대숲 바깥 방향 칠팔 장 거리에 숨어 있는 무정살수
한 명을 발견했다.

우거진 갈댓잎 사이에 웅크리고 있는 모습이 응안색에 정
확하게 포착되었다.

그리고 또 한 명. 이번 것은 응안색이 아니라 만리추적향의
흐릿한 분 냄새가 코끝에 흐릿하게 아른거렸다.

'어느 쪽인가?'

그런데 분 냄새가 또렷하지 않고 흐릿했다. 그는 다시 한 번 코끝을 찡긋거리면서 냄새를 맡다가 의아한 표정을 지으며 고개를 아래로 숙였다.

'아래쪽이라니? 땅속인가?'

삭―

그 순간 아주 미세한 음향과 함께 그는 오른발 발바닥 한가운데가 화끈한 것을 느꼈다.

느낀 순간 아래에서부터 솟구친 검 한 자루가 그가 딛고 선 갈댓잎 한가운데를 세로로 쪼개면서 그의 발바닥을 뚫고 종아리와 무릎을 지나 허벅지에서 정지했다.

그가 얼굴을 찌푸리며 아래를 내려다보았을 때 흙을 뒤집어쓴 무정살수 한 명이 갈대 뿌리 속에서 어깨까지 모습을 드러내고 있었다.

그자의 얼굴은 흙투성이였는데 한 쌍의 반짝이는 눈은 회심의 미소를 짓고 있었다. 자신이 마침내 등룡신권을 잡았다는 득의함이 눈에 번들거렸다.

탁!

도무탄은 왼발로 가볍게 그자의 얼굴을 찼다. 발끝이 콧등을 가격하자 그자의 머리가 목에서 뚝 떼어져서 밤하늘로 쏜살같이 날아갔다.

도무탄은 머리를 잃은 상태에서 땅속에 뿌리를 내린 듯 꽂혀 있는 무정살수를 굽어보면서 눈살을 찌푸렸다.

'빌어먹을, 지중술(地中術)이라니……'

무정혈살대의 수많은 살수 수법 중에서 지중술은 하급에
속하는 것이다.

# 第九十三章

가자! 호북성으로!

등롱기

안휘성의 성도 합비성(合肥城)에서 남쪽으로 이십여 리 떨어진 곳에 안휘성에서 가장 크고 아름다운 호수인 소호(巢湖)가 있다.

그 소호 북쪽 호숫가에 제법 웅장한 장원이 한 채 자리 잡고 있으며 낙일장(落日莊)이라고 한다.

소문에 의하면 낙일장에는 굉장한 부호의 외아들이 칩거하여 살고 있다고 한다.

낙일장에는 전문에서 십여 장 거리 호숫가에 전용포구가 있으며, 포구에는 멋들어진 유람선을 비롯하여 십여 척의 크고 작은 배가 정박해 있다.

어느 날 늦은 오후 무렵에 다섯 대의 마차가 줄지어서 낙일장 전문 앞에 도착했다.

한 대의 마차를 네 필의 준마가 끌고 있는 도합 다섯 대의 마차들에는 흙먼지가 뽀얗게 내려앉았으며, 말들은 몹시 지쳐서 허연 입김을 뿜어내는 것으로 미루어 먼 길을 달려온 듯했다.

다섯 대의 마차에는 삼각 깃발이 펄럭이고 있었으며 거기에는 '진성표국(辰星鏢局)'이라고 수놓아져 있었다.

만약 여행을 많이 했거나 천하 구석구석까지 잘 알고 있는 사람이라면 진성표국이 강서성 파양현에 제법 잘나가는 표국이라는 사실을 알 수도 있을 터이다.

다섯 대의 마차는 활짝 열린 낙일장의 전문 안으로 묵직하게 굴러 들어갔다가 도합 삼십 개의 관을 땅에 일렬로 길게 내려놓았다.

그리고는 삼십 개의 관, 즉 표물을 싣고 온 진성표국 무리의 우두머리인 표두(鏢頭)가 낙일장의 주인인 이십오륙 세 정도의 헌칠한 백삼 청년에게 한 장의 밀봉된 서찰을 정중하게 건네주었다.

합비성이나 소호 인근에서는 최고의 부자이며 선한 일을 많이 하는 훌륭한 서생으로 알려진 낙일장주는 희고 길며 섬

세한 손으로 서찰을 뜯었다.


—우리를 죽이려면 무정혈룡 네가 직접 와라.

—삼룡(三龍)


낙일장주는 서찰의 짧은 글을 읽고 나서 준수한 얼굴에 어이없는 표정을 흐릿하게 떠올렸다.

"삼룡이라고?"

그의 얼굴에서는 어느새 어이없는 표정이 사라지고 평소의 담담한 표정으로 되돌아 있었다.

그는 땅바닥에 길게 늘어선 삼십 개의 관을 보다가 하인들에게 명령했다.

"대전으로 옮겨라."


드넓은 대전에는 질식할 것 같은 무거운 침묵이 흘렀다.

대전 바닥에는 두 줄로 열다섯 개씩의 관이 모두 뚜껑이 열린 채 놓여 있고, 그 주위에 낙일장주와 하인 복장의 장한 십여 명이 둘러서 있다.

정확하게 삼십 개의 관 안에는 무정살수들이 죽은 듯이 가지런히 누워 있었다.

관 안의 무정살수들을 살피던 장한 한 명이 낙일장주를 보며 공손히 보고했다.

"주군, 죽지 않았습니다. 귀식대법이 전개되어 가사 상태에 놓여 있습니다."

그러자 다른 장한들이 다른 무정살수들을 살피고 나서 속속 보고를 했다.

"여기도 마찬가지입니다. 귀식대법 상태입니다."

그런데 마지막 끄트머리에 있는 관을 살피던 장한 한 명이 보고했다.

"여기 한 명은 죽었습니다. 발끝으로 얼굴이 차여서 목이 떨어져 나간 것 같습니다."

끄트머리 관 안에는 무정살수 한 명이 잠을 자듯이 누워 있으며 자세히 보면 목에 비뚤비뚤한 금이 가 있는 것을 발견할 수가 있다.

낙일장주, 즉 무정혈살대의 대주 무정혈룡 태무군(太武君)은 미간을 잔뜩 찌푸린 채 관 속의 무정살수들을 묵묵히 차례차례 굽어보면서 느릿하게 걸었다.

그는 천하육룡의 한 명인 등룡신권을 암살하기 위해서 무정혈살대 오급 중에서 최상급인 일급 다섯 명을 우두머리로 하여 이급은 열 명, 삼급 열다섯 명으로 구성된 살수단을 보냈었다.

천하육룡 중에서도 등룡신권의 수준이 가장 열세일 것이

라고 추측하여 삼십 명을 보냈다.

만약 상대가 독보창룡이었다면 최소한 그 두 배를 보내야만 어떤 결과라도 기대할 수가 있을 터이다.

그런데 삼십 명 중에서 이십구 명이 제압되어 죽은 시체나 다름이 없는 귀식대법의 모습으로, 그리고 한 명이 목이 떨어졌다가 붙여진 모습으로 되돌아왔다.

그 정도 살수단이면 충분할 것이라고 계산했었기에 이런 결과는 그로서는 전혀 예상하지 못했었다.

사람들은 예상이 깨졌을 때 지금 태무군처럼 황망한 표정을 짓는다.

상대가 무정살수 삼십 명 모두를 죽일 수 있었는데도 죽이지 않은 것은 죽일 가치도 없다는 뜻이기도 하고, 그만큼 여유만만하다는 것을 표출하는 것이기도 하다.

그러므로 이것은 태무군의 예상을 깼을 뿐만 아니라 자존심마저도 심하게 상처를 받게 만들었다.

더구나 삼십 명을 모두 관에 넣어서 표국의 표물로 이곳에 깔끔하게 운송시켰다.

천하를 공포에 떨게 하는 무정혈살대의 대주인 무정혈룡이 있는 곳, 즉 본대(本隊)의 위치를 정확하게 알고 있다는 뜻이기도 하다.

그것은 또한 자꾸 무정살수들을 보내는 식으로 까불면 무정혈살대 본대를 직접 방문하여 본때를 보여줄 수도 있다는 무언의 경고를 의미하고 있다.

이런 식으로 표적이 살수 조직에게 경고를 하는 예는 극히 드물다.

자고로 살수 조직은 어둠에서 찌르는 창이고, 암살 대상은 밝은 곳에 있는 표적이거늘, 이것은 표적이 어두운 곳에서 밝은 곳의 살수 조직을 협박하고 있으니까 상황이 역전되어 버린 것이다.

무엇보다도 가장 중요한 사실은 서찰 말미에 적혀 있는 '삼룡'이 가리키는 의미다.

그것은 등룡신권을 비롯하여 천하육룡 중에 두 명의 용이 더 파양현에 함께 있으며 세 명이 친구이거나 그게 아니라고 해도 최소한 협력하고 있다는 뜻이다.

두 명의 용이 누구인지는 어렵지 않게 짐작할 수 있다. 천하육룡 중에서 무정혈룡 본인을 제외하고, 또 등룡신권을 죽여달라고 청부한 절세불룡도 빼고, 마도의 제황인 수라마룡이 절대로 등룡신권의 친구일 리가 없다고 가정한다면, 등룡신권과 함께 있는 두 용은 필경 무적검룡과 독보창룡이 분명할 것이다.

등룡신권 옆에 무적검룡과 독보창룡이 함께 있다면 이 청부는 성공 가능성이 전무(全無)하다.

무정혈살대 전체 삼백 명을 모두 보낸다고 해도 성공하지 못할 것이다.

"음……."

무정혈룡 태무군은 턱을 쓰다듬으며 낮은 신음을 흘렸다.

무정혈살대는 발족 이후 지금까지 수만 건의 살인청부를 받아 단 하나의 오점을 남기고 있을 뿐이다.

그것은 바로 황금 이만 근짜리 최고액의 청부인 독보창룡을 암살하는 일이다.

무정혈살대가 아직 독보창룡을 암살하는 일을 포기하지 않았으며 현재진행형이므로 실패라고 단정할 수는 없다.

그러나 지금까지 줄기차게 실패한 쓰라린 경험으로 미루어 봤을 때 무정살수들을 동원해서는 독보창룡을 죽이지 못할 것이다.

결론은 이미 나와 있다. 대주인 태무군이 직접 살행에 나서야만 한다는 것이다. 그리고 실제 그는 독보창룡을 죽이기 위해서 자신이 직접 네 차례나 출격을 했으나 네 번 다 실패했었다.

실력이 딸려서가 아니라 그의 무차별적인 공격으로 독보창룡을 궁지로 몰아넣든가 중상을 입혀서 최후의 일격을 가하려는 순간 번번이 예상하지 못했던 일이 벌어져서 놓치고 말았었다.

무정혈살대 발족 초기에는 지금처럼 무정살수가 많지 않았으므로 거의 모든 살행을 태무군이 직접 처리했었다.

그 당시에는 살행을 백 번 나가면 백 번 다 성공시켰으며 오래 끌지도 않았었다.

그는 자신이 다섯 번째로 직접 나설 경우 독보창룡을 죽일 수 있는 확률을 육 할 정도로 보고 있다.

자신이 독보창룡보다 훨씬 고강하다는 뜻이다. 그렇지만 이미 네 번이나 실패의 쓴맛을 봤는데도 또다시 그렇게까지 해야만 하느냐는 의문이 들어서 선뜻 나서지 않고 있는 중이다.

무정혈살대가 더 이상 표적을 죽이지 않겠다고 판단하여 청부를 반납한다면 위약금 세 배를 물어줘야 한다. 즉 독보창룡에 대한 살인청부금 황금 이만 근의 세 배인 육만 근을 물어줘야 하는 것이다.

세간에 널리 알려진 풍문에 의하면 무정혈룡이 천하제일 부호라고 한다.

그가 천하제일부호인지 어떤지 확인한 적은 없지만 그가 엄청난 부자인 것만은 사실이다.

그러므로 위약금으로 황금 육만 근을 물어주는 것쯤은 별일이 아니다.

그러나 문제는 그렇게 할 경우에 무정혈살대의 명성이 땅에 떨어질 것이라는 얘기다.

그래서 그런 일만은 절대로 일어나서는 안 된다고 생각하는 태무군이다.

그런 상황인데 이제는 등룡신권마저 무정살수들만으로는 죽일 수 없다는 골치 아픈 현실이 닥쳐 왔다.

"도대체……."

태무군은 머릿속의 생각을 입 밖으로 중얼거리다가 주위에 수하들이 있다는 사실을 깨닫고 입을 닫고 나서 내심으로 말을 이었다.

'등룡신권이 어떤 인물이기에 무적검룡이나 독보창룡이 나서서 돕고 있다는 말인가?'

그 문제를 풀기 전에는 이 청부는 당분간 보류하는 것이 마땅하다고 생각했다.


*            *            *


파양현 망향장에 머무는 열흘 동안 삼룡은 제집처럼 수라전에 수시로 드나들었다.

그 결과 세 사람은 수라전 내부에 대해서 손바닥을 들여다보듯 훤히 알게 되었다.

뿐만 아니라 수라전 내 칠십여 채의 전각에서 각 시간대에 무슨 일이 어떤 식으로 일어나는지에 대해서도 자세하게 알아냈다.

말하자면 수라전이라면 수라전 휘하의 어느 누구보다도 빠삭하게 알게 됐다는 것이다.

그렇지만 그때까지도 수라마룡은 돌아오지 않고 있었으며 기다림이 길어지고 있었다.


파양현을 중심으로 백여 리 이내에는 도합 사십이 개의 방, 문파가 있다.

비슷한 크기의 여타 다른 현하고 비교했을 때 방, 문파의 수가 삼 할에 불과하다.

무림의 수십만 개의 방, 문파는 정파나 사파, 마도, 혹은 불문(佛門)이거나 도가(道家), 유문(儒門) 등의 종교적인 색채를 띠거나 그밖에도 여러 형태로 존재하고 있다.

하지만 파양현 일대의 방, 문파들은 다만 두 가지 형태로만 존재한다.

마도지문(魔道之門), 마도에 속해 있는 방, 문파이거나 아니면 비마도지문(非魔道之門), 마도에 속하지 않은 방, 문파이거나다.

원래 파양현 일대에는 백사십여 개의 방, 문파가 도토리 키재기를 하고 있었다.

그런데 수라전이 마도제일문이 되어가는 과정에 방, 문파 백여 개가 사라졌으며, 사십 개가 마도지문이 되었고, 두 개는 끝내 비마도지문으로 남았다.

원래 마도지문이었거나 나중에 마도지문이 된 방, 문파들에 대해서는 특이한 사항이 없다.

흰 종이에 먹물을 확 끼얹었을 때 검게 물드는 것은 조금도 이상한 일이 아니다.

진짜 이상한 일은 그랬는데도 검게 물들지 않고 여전히 희게 남은 두 개의 방, 문파가 주목할 만한 일이다.

두 방, 문파 중에 하나는 정파로써 유성문(流星門)이라 하고, 다른 하나는 사파로써 철검보(鐵劍堡)라고 한다.


적화루의 전주인 엄홍기는 유성문주와 철검보주 두 사람하고 다 아는 사이다.

파양현 일대에 있는 방, 문파의 수장이나 간부급들치고서 강서제일루인 적화루에서 술을 마셔보지 않은 사람은 한 명도 없을 것이다.

그들에게 적화루에서 한 번이라도 술을 마셨다는 사실은 자랑거리였으며, 적화루의 주인 엄홍기하고 아는 사이라는 것은 더 큰 자랑거리였다.

그리고 적화루주인 적화와 술을 마셔봤다는 극소수의 사

람은 만인의 부러움을 한 몸에 받을 정도다.

그런데 유성문주와 철검보주는 엄홍기하고 잘 아는 사이일 뿐만 아니라 이따금 적화하고도 술을 마셨다. 엄홍기와의 술자리에 적화를 부른 것인데, 그것은 두 사람이 엄홍기하고 매우 각별한 사이이기 때문이다.

도무탄은 엄홍기에게 다리를 놓아달라고 부탁을 하여 유성문주와 철검보주를 각각 따로 만났으며 지난 열흘 사이에 어느 정도 친한 사이로 발전했다.

도무탄이 그들에게 접근한 이유는 마도제일문인 수라전의 본거지인 파양현 내에서 마도지문이 되지 않은 채 끝까지 버티고 있는 두 방, 문파에게 뭔가 특별한 목적이 있기 때문이 아니다.

수라마룡이 돌아오기를 기다리고 있는 동안 딱히 할 일도 없으며, 도대체 어떻게 해서 이 두 개의 방, 문파가 천하마도의 본거지 한복판에서 꿋꿋하게 버틸 수 있는 것인지 호기심이 발동했기 때문이다.

지난 열흘 동안 도무탄은 유성문주와 세 번, 철검보주와 네 번 만났다.

물론 유성문주와 철검보주를 각기 따로 만났으며 첫 번째는 엄홍기가 서로를 소개시켜 주는 자리였고, 그다음부터는 개인적으로 만났다.

유성문주도 호감이 가는 인물이지만 도무탄은 철검보주에게서 좀 더 매력을 느꼈다.

철검보주는 사파 인물이면서도 전혀 사파 인물답지 않았다. 강직하고 직설적이며 고집이 매우 셀뿐만 아니라 어이없게도 그는 정의감이나 의협심이 대단히 강했다.

하지만 그는 그것을 정의감이나 의협심이 아닌 인간이라면 반드시 지녀야 할 본연의 기본적인 의무라고 말한다.

그리고 그는 생각이 깊으며 학식이 풍부하다. 그것 역시 보통의 사파 인물하고는 확연하게 다른 점이다.

사파인들이 감정적이어서 내키는 대로 행동하거나 무지한자가 많다는 것은 잘 알려진 사실이다.

오늘 도무탄은 철검보주와 다섯 번째로 만났으며 그를 처음으로 적화루에 초대했다.

철검보주는 그동안 적화루에 두 번 와봤으며 오늘 밤이 세 번째인데, 세 번 모두 제 스스로 오지 않았으며 엄홍기나 도무탄의 초대를 받았다.

이유는 간단하다. 그는 술을 매우 좋아하는 호걸이지만, 철검보가 매우 가난하다는 현실의 벽 때문에 제 돈을 내고 적화루에 올 수 없는 형편이다.

수라전이 마도제일문이 되기 전 시절의 철검보는 파양현

에서 아주 잘나가는 방파였으며, 여러 면에서 열 손가락 안에 꼽힐 정도의 세력이었다.

또한 이십여 개의 알토란같은 점포와 가업을 운영하였기에 재정적으로도 꽤 풍족한 편이었다.

그 당시에는 현 철검보주의 부친이 보주였었으며 수하가 이백오십여 명이나 됐었다.

하지만 지금은 그때의 일 할 수준으로 수하가 고작 이십오 명에 불과할 뿐이다.

그나마도 녹봉을 제때 주지 못하는 형편이라서 언제 떨어져 나갈지 모르는 수하들이다.

지금 남아 있는 수하는 전대 보주 시절부터 지금 보주까지 이대(二代)에 걸쳐서 충성하는 사람들과 현 보주와의 의리로 버티고 있는 사람들이다.

그렇지만 막말로 얘기해서 충성심과 의리가 밥 먹여주는 것은 아니다.

목구멍이 포도청이라고, 지금처럼 반년 이상 녹봉을 받지 못한 상황에서 그런 고난의 기간이 자꾸 길어진다면 충성심과 의리로 남아 있는 수하라고 해도 가족들을 먹여 살리기 위해서라도 철검보를 그만둘 수밖에 없는 것이다.


"나는 수라마룡을 존경하고 있소. 그러나 그자는 내가 가장 죽이고 싶은 인물이기도 하오."

도무탄이 지나가는 말처럼 수라마룡에 대해서 물으니까 주량이 센 철검보주 철검랑(鐵劍狼) 방세극(方世克)은 술을 물 마시듯 하면서 씹어뱉듯이 뇌까렸다.

아까 도무탄이 심부름꾼을 철검보로 보내서 철검랑 방세극더러 적화루에서 만나자는 전갈을 전했을 때 그는 완곡하게 거절했었다.

그렇지만 도무탄이 같은 심부름꾼을 두 번째 보냈을 때 철검랑은 어쩔 수 없이 호의를 받아들였다.

비록 도무탄이 초대하는 것이지만, 자신의 수중에 돈이 넉넉하지 않은 상태에서 적화루 같은 곳에서 술을 마시는 행동이 마음이 편하지 않았던 것이다.

그는 준다고 해서 무조건 덥석 받아먹는 성품이 아니다. 그보다는 꼿꼿한 자존심을 더욱 중요하게 여긴다.

"수라마룡을 존경하는 이유는 단 하나뿐이고 또 간단하오. 정, 사, 마를 떠나서 그가 혈혈단신 무림의 가장 밑바닥부터 치고 올라와 현재의 마도제일인이 된 입지전적(立志傳的)인 인물이기 때문이오."

"그런 인물이라면 수라마룡만 있는 것이 아니잖소?"

도무탄의 말에 방세극은 고개를 끄떡였다.

"그렇소. 그래서 나는 천하육룡 중에서 절세불룡과 등룡신권 두 사람을 제외한 다른 네 명을 모두 존경하고 있소. 그들이 어떤 길을 걷든지 간에 그들은 하나같이 어려운 환경에서 자수성가하여 오늘날의 천하육룡이 되었으니 존경받아 마땅하오."

도무탄은 방세극이 존경하는 인물에서 자신이 제외된 것이 조금 씁쓸했다.

절세불룡은 존경할 만한 구석이 없는 위인이지만 도무탄 자신은 결코 땅 짚고 헤엄치는 식으로 쉽게 오늘날의 등룡신권이 된 것이 아니기 때문이다.

하지만 그는 내색하지 않고 가만히 있었다. 남의 속마음까지 그가 이래라저래라할 수는 없는 일이다.

방세극은 안주는 거의 먹지 않고 또 도무탄이 술을 따라주는 것을 기다리는 것이 지루하다는 듯 자신이 손수 술을 따라 마시면서 씹어뱉듯이 말을 이었다.

"수라마룡을 죽이고 싶은 이유 역시 간단하오. 오늘날 철검보가 이 모양 이 꼴이 된 근본적인 원인 제공자가 그자이기 때문이오."

"그게 무슨 뜻이오?"

맞은편에 앉은 도무탄은 궁금한 듯 물었다.

지금 두 사람은 적화루 이 층의 어느 평범한 방에서 술을 마시고 있는 중이다.

도무탄은 적화루 최고급인 팔 층, 아니, 매우 특별한 사람만이 들 수 있는 구 층 연회실에서 마실 수도 있지만, 그리되면 방세극이 불편할 것 같아서 평범한 이 층을 택했다.

　"사실 수라마룡은 철검보에 아무 짓도 하지 않았소. 하지만 그가 파양현에 존재하고 있으며 철검보가 마도지문으로 변신하지 않았다는 이유 때문에 우리가 운영하는 점포들과 사업은 나날이 쇠퇴일로를 걸었으며 결국은 쫄딱 망해서 문을 닫을 수밖에 없었소. 지금은 알거지 신세요."

　도무탄이 알고 있는 방세극은 인내심이 대단한데도 불구하고 지금은 분노를 참느라 콧김을 토해내면서 어깨를 심하게 들먹거렸다.

　도무탄은 지금 방세극이 말하고 있는 내용에 대해서 조사를 해봤기 때문에 잘 알고 있다.

　방세극의 말이 맞다. 수라마룡은 파양현의 수라전을 접수하여 마도제일문으로 성장시키는 일에 전력을 쏟았을 뿐이지 파양현 일대의 방, 문파에 대해서는 일체 건드리거나 영향력을 행사한 적이 없었다.

　그런데도 파양현 일대의 백사십여 개에 달했던 방, 문파 중에서 백여 개가 제 스스로 도태되어 스러졌다.

　아니, 사실을 말하자면 '제 스스로'라는 말은 다소 어폐가 있다. 많은 방, 문파가 스스로 도태될 수밖에 없는 최악의 환경이 조성되어 있으며, 그 복판에는 수라전이 있었기 때문이다.

이를테면 이런 것이다. 숲 속에 유독 거대한 나무 한 그루가 무성한 나뭇가지를 사방으로 뻗은 채 우뚝 서 있으면 그 거목의 커다란 그늘 아래에 있는 다른 나무들은 햇빛을 쐬지 못해서 시름시름 말라서 죽고 만다.

하지만 거목과 같은 종류의 나무들은 죽지 않고 거목에 기생하여 연명한다.

파양현에서 일어난 일도 그와 흡사하다. 수라전은 아무 일도 하지 않았다고 하지만 그들이 존재하는 것만으로 파양현의 토양과 기후는 이미 마도화(魔道化)가 돼버렸다.

그래서 사람들이 수라전의 눈치를 보며 알아서 바닥을 벅벅 기고 있는 것이다.

마도가 득세하여 마도방파를 중심으로 횡종연합과 이합집산을 거듭하면서 많은 방, 문파가 흡수 통합되거나 사라져 버렸다.

그렇게 파양현 일대의 장사와 사업의 주체도 마도가 장악하면서 마도와 관계를 맺지 않은 점포와 사업들은 빠른 속도로 도태되어 버린 것이다.

"그런 시시한 얘긴 그만합시다."

방세극은 더 말하면 분노가 폭발할 것 같아서 얼굴을 찌푸리며 손을 내저었다.

"그래, 도 형은 무슨 장사를 하시오?"

철검보주가 된지 이제 이 년째로 접어들고 있는 방세극의 나이는 이십칠 세다.

기골이 장대하고 두 팔과 두 다리가 길고 크며, 길쭉한 얼굴에 부리부리한 눈과 두툼한 입술, 우뚝한 코, 영락없는 영웅호걸의 외모이며 성격이다.

그는 도무탄이 장사꾼이며 뭔가 돈벌이를 하기 위해서 파양현에 온 것으로 알고 있다.

엄홍기가 도무탄을 소개하면서 그렇게 말했으며 도무탄 자신도 부정하지 않았기 때문이다.

"이것저것 눈동냥 귀동냥을 하다가 돈벌이가 될 만한 것에 투자하고 있소."

그는 장사꾼의 돈벌이 같은 것에는 애당초 관심이 없다. 또한 도무탄이 장사꾼이라고 해서 그에게 알랑거려 푼돈이라도 얻어서 쓸까 하는 생각은 추호도 하지 않는다. 방세극은 건성으로 물었다.

"파양현에서 돈벌이가 될 만한 장사를 발견했소?"

방세극은 돈을 빌리느라 매번 신세를 지고 있는 엄홍기의 소개를 받았기 때문에 예의상 도무탄의 상대가 되어주는 정도이지 실제로 아직까지는 그에게 별다른 흥미를 느끼지 못하고 있다.

만약 방세극의 형편이 지금처럼 최악의 상황이 아니었다면 마음이 옹색해지지 않아서 그는 도무탄하고 좋은 우정을 나누게 됐을지도 모른다.

도무탄은 여러모로 매력을 지니고 있기 때문에 예전의 방세극이라면 필경 친구가 되고 싶어 했을 것이다. 하지만 현재는 그의 눈에는 아무것도 들어오지 않는다. 철검보의 상황이 최악 일변도로 내려꽂히고 있기 때문이다.

"교역(交易)을 해볼까 하는데……."

"교역이오?"

방세극 얼굴이 조금 밝아졌다. 철검보가 오십여 년 동안 해온 사업이 운송업이었기 때문이다. 교역을 하자면 반드시 운송업이 필요한 것이 그 이유다.

해룡방 내상단 부방주가 적화루의 대금을 갖고 왔다가 도무탄의 명령으로 파양현에서 유망한 업종이 뭐가 있는지 조사를 한 적이 있었다.

그 결과 부방주는 파양현 내에 몇 개 업종의 점포를 냈으면 좋겠다는 보고를 했으며, 그에 따른 운송 수단이 필요하다고 설명했다.

이를테면 강서성은 곡창지대라서 쌀을 비롯한 곡식은 풍부한 데 반해서 사람이 인력으로 만드는 제품이 귀한 대접을 받고 있다.

그래서 부방주는 이곳의 풍부한 곡식을 바깥으로 실어내서 팔고 다른 지역의 여러 제품을 들여와서 팔면 좋겠다는 사업 계획을 내놓은 것이다.

하지만 파양현 인근에서 사들인 몇 개 점포의 곡식을 실어내가고 그와 비슷한 수준의 제품을 들여오는 데에는 운송 수단이 필요하긴 해도 대규모는 아니다.

그렇기 때문에 해룡방 외상단이 이곳에 구태여 운송업을 개점할 필요는 없다.

"쌀과 곡식을 실어 내갔다가 돌아올 때는 바깥의 물건들을 파양현 포구로 실어 오는 배가 필요한데… 방 형이 어디 아는 곳이 없소?"

방세극은 파양현이 마도천하라는 사실을 잠시 망각하고 귀가 솔깃했다.

"어느 정도의 배가 몇 척이나 필요하오?"

"우선 대선(大船) 다섯 척이면 될 것이오."

"대선……."

운송선은 세 종류로 분류한다. 대선은 길이 십오 장 이상인 배를 가리키고, 중선(中船)은 칠 장 이상 십오 장 이하, 소선(小船)은 칠 장 이하다.

방세극이 갑자기 힘이 빠지는 표정을 짓는 이유는 그의 운송업에 속한 놀고 있는 배가 모두 중선과 소선들이기 때문이다.

장삿속이 빤한 도무탄은 방세극의 실망하는 표정을 보고는 그의 내심을 읽었다.

"파양현 포구에는 대선을 보유하고 있는 운송업이 없는 모양이오?"

"있소."

방세극은 퉁명스럽게 대꾸했다. 그는 감정을 감추지 않는 성격이라서 그대로 표출한다.

"창해해운(滄海海運)이라고 있는데 거길 가보시오."

척—

그때 문이 열리고 누군가 들어서자 방세극은 술을 마시려다가 무심코 문 쪽을 보다가 움찔 놀라서 들고 있던 술잔을 엎지르고 말았다.

"헛?"

들어선 사람이 다름 아닌 적화 소운설이기 때문이다. 그녀는 어느 때보다도 아름다운 모습으로 살포시 미소를 지으며 사뿐사뿐 걸어왔다.

아직 혼인을 하지 않은 방세극은 소운설의 절세적인 미모를 보고는 부지중 넋이 나간 얼굴로 물끄러미 그녀를 바라보기만 했다.

그녀는 세 걸음 앞에서 멈추고는 방세극에게 고개를 숙이며 인사했다.

"방 보주, 오셨군요."

"아… 네……."

방세극은 정신을 차리고는 크게 당황해서 허둥거렸다.

그는 적화가 팔 층에 든 최고급의 손님 중에서도 고르고 고른 손님에게만 자신의 얼굴을 잠시 보여준다는 사실을 잘 알고 있다.

그런데 여긴 이 층이고 은자 열 냥이면 흐벅지게 놀고 마실 수 있는 적화루에서 가장 싼 손님이 드는 방이다.

거기에 적화가 모습을 드러냈으니 방세극이 놀라는 것은 당연하다.

꽃무늬가 수놓인 눈처럼 흰 옷에 긴 치마를 끌면서 도무탄에게 다가간 소운설은 그의 옆에 찰싹 붙어서 앉더니 그의 팔을 자신의 두 팔로 끌어 가슴에 꼭 안고는 곱게 눈을 흘겼다.

"왜 오신다고 말씀하지 않으셨어요?"

"어… 그래."

도무탄은 방세극하고 단출하게 한잔하면서 대화를 나누려고 소운설에게는 연락을 취하지 않았었기에 그녀가 이 방에 올 줄은 예상하지 않았었다.

"내가 온 걸 어떻게 알았느냐?"

소운설은 그렇게 묻는 그의 어깨에 뺨을 비비면서 코 먹은
소리를 냈다.

"탄 랑이 아무 말씀하지 않으셔도 다 아는 수가 있어요."

"허어… 내게 감시를 붙였느냐?"

"그래요. 탄 랑께서 한 줌의 재가 되신다고 해도 떨어지지
않는 감시를 붙여놨으니까 이제부터는 소녀를 멀리하지 못하
실 거예요."

방세극은 도무탄과 소운설이 하는 모습을 보면서 자신의
눈을 의심했다.

천하십기의 제일기인 적화의 손목 한 번 잡아본 사람이 없
다고 할 정도로 도도하고 콧대 높은 그녀이거늘, 지금 그녀가
도무탄에게 하고 있는 저런 자세며 행동, 그리고 코 먹은 교
태는 다 무어라는 말인가.

도무탄은 자꾸 달라붙는 소운설을 슬쩍 떼어놓았다.

"방 형이 보잖느냐. 좀 떨어져라."

소운설은 떼어놓기 전보다 더욱 찰싹 달라붙었다.

"보시면 어때요? 여자가 자기 남자에게 붙으려고 하는 건
당연하잖아요? 안 그런가요? 방 보주?"

"……"

너무도 상상 밖의 일이라서 방세극은 입이 얼어붙어 멍하
니 쳐다보기만 했다.

도무탄은 방세극 앞에서 소운설과 실랑이를 벌이는 것이 사랑싸움으로 보일 수도 있어서 그만두었다.

"알았다. 하지만 지금 방 형과 긴한 대화 중이니까 얌전하게 있어라."

"무릎에 앉혀주시면……."

소운설은 혀를 낼름 내밀면서 욕심을 부려보았다.

"인석이?"

"소녀를 탄 랑 무릎에 앉혀주시면 입 다물고 조용히 앉아 있을게요, 네?"

"까불지 마라."

철썩!

"앗!"

도무탄이 둔부를 때리자 그녀는 뾰족한 비명을 지르고는 섭섭한 듯 그를 곱게 흘겼다.

방세극은 이게 도무지 헛것을 보는 것 같아서 제정신을 차리지 못했다.

소운설이 도무탄을 '탄 랑'이라고 부르는 걸 보면 그녀가 그의 연인이나 부인이라는 뜻이다.

그리고 그녀가 지금 하고 있는 행동은 이미 몇 년 동안 부부로 살고 있는 아내의 모습에 다름 아니다.

도무탄은 분위기를 바로 잡아야겠다고 생각했다.

"험! 나도 알아봤는데 창해해운은 수라전이라는 마도방파에서 운영한다고 들었소."

"……."

"방 형."

"아……."

방세극은 소운설을 쳐다보느라 정신을 못 차리고 있다가 흠칫 놀랐다.

그는 귀로는 도무탄의 말을 다 들었으나 정신이 다른 데 가 있어서 잠시 후에야 말뜻을 이해했다.

"음, 미안하오."

그는 추태를 보였다고 생각했는지 얼굴을 붉히면서 고개를 숙여 보였다.

"과연 도 형 말처럼 창해해운은 수라전 소유요. 그리고 수라전은 마도제일문이오."

그는 주먹을 입에 대고 헛기침을 하고 나서 말을 이었다.

"도 형은 장사를 하는 분이라 잘 모르겠지만, 파양현은 마도천하라서 마도방파를 끼지 않으면 장사를 하지 못하오. 운송업도 마찬가지요."

도무탄은 얼굴을 찌푸리며 고개를 가로저었다.

"나는 마도라면 질색이오."

그는 진지한 표정으로 바꾸고 물었다.

"파양현에 마도가 아니면서 배로 운송을 하는 곳이 어디 없겠소?"

"있기는 하지만……."

"어디요?"

방세극은 소운설을 힐끗 보고 나서 자신 없게 대답했다.

"대원운행(大元運行)이라는 곳이오."

"맞아요. 대원운행은 방 보주께서 운영하시는 곳이에요."

소운설은 맛있는 고기 요리를 젓가락으로 집어서 도무탄의 입으로 가져가다가 아는 체를 했다.

"루, 루주!"

파양현에서 배짱이라면 최고라는 방세극이 당황해서 말을 더듬고 있다.

철검보가 유성보와 함께 비마도지문으로 남아 있는 가장 큰 이유가 그의 오기와 배짱 때문이다.

그의 부친은 철검보가 나날이 피폐해지는 꼴을 보다가 화병이 나서 피를 토하고 죽었다.

그래서 방세극은 죽는 한이 있어도 철검보를 마도지문으로 만들지 않겠다고 하늘에 맹세를 했었다.

수라전이 철검보 따위 콧구멍만 한 방파를 마도지문으로 만들려고 직접 손을 쓰지는 않는다.

하지만 마도천하인 파양현에서 사파로 살아남는 일은 죽

는 것만큼이나 힘든 일이었다.

"그렇소?"

"도 형, 사실은……."

"방 형네 철검보는 마도요?"

"아니오."

"그럼 됐소. 나하고 거래합시다."

"도 형……."

방세극은 전전긍긍했다.

"뜻은 고마우나 우린 도 형이 원하는 대선이 없소."

"사람은 있소?"

"무슨……."

"대선을 몰 뱃사람말이오."

"그야 있지만 대선이 없는데……."

도무탄은 빙그레 미소 지었다.

"배는 내게 몇 척 있소. 그러니까 방 형네 뱃사람이 가서 대선을 몰고 파양현으로 오면 되는 것이오."

방세극은 무슨 뜻인지 이해할 수 없다는 듯 애매한 표정을 지으며 도무탄을 쳐다보았다. 일이 너무 급작스럽게 빨리 진행되고 있기 때문이다.

소운설이 늘씬한 교구의 한쪽을 온통 도무탄 쪽으로 쓰러뜨려 그에게 기댄 자세로 방세극을 바라보면서 미소를 지으며 설명했다.

"탄 랑에게는 대선이 여러 척 있고, 방 보주에게는 유능한 뱃사람이 많이 있으니까 그들을 배가 있는 곳으로 보내서 대선을 파양현 포구로 몰고 오라는 뜻이에요."

"아……."

"그렇죠, 탄 랑?"

"네 말이 맞다."

"헤헤헤……."

도무탄이 둔부를 두드리며 칭찬을 해주자 소운설은 어린 아이마냥 기뻐하며 바보처럼 웃었다.

너무나 놀라고 있는 방세극은 술 마시는 것조차 잊어버린 채 도무탄에게 물었다.

"배가 어디에 있소?"

"남경성이오."

파양현에서 남경성까지라면 왕복 한 달이면 너끈하다.

"몇 척이나 있소?"

"대선이 삼십여 척 있는데 우선 다섯 척만 몰고 오시오."

대선을 삼십여 척이나 보유하고 있다면 천하에서도 손꼽히는 큰 운송업체다.

"방 형네 대원운행의 중선을 동원해서 파양포구에서 물건을 싣고 남경성에 갔다가 그곳 대선 다섯 척에 실려 있는 물건을 이리 갖고 오면 되는 것이오."

방세극은 꿈을 꾸는 듯한 얼굴로 대답조차 하지 못하고 도
무탄을 쳐다보기만 했다.

"대선 다섯 척을 기준으로 한 번 운항에 은자 삼만 냥을 내
겠소. 물론 선금이오. 하겠소?"

방세극의 빠른 계산으로도 그 정도면 운임으로 은자 칠천
냥에서 만 냥 정도 받을 수 있다.

하지만 그것은 배를 운송업체에서 조달했을 때의 일이다.
지금처럼 배도 없이 뱃사람들만 투입했을 경우는 삼 할 정도,
그러니까 이천 냥에서 삼천 냥 정도 받으면 두둑하게 받았다
고 할 수 있다.

"하기 싫다면 강요하진 않겠소."

도무탄은 한발 뒤로 뺐다. 이러는 것이 지금 같은 경우의
사업 수완이다.

그러면서 그는 여유를 찾고 손으로 소운설의 둔부를 쓰다
듬었다. 못된 손버릇이 또 나왔다.

그의 손이 방세극 쪽에서는 전혀 보이지 않는다. 그는 그래
서는 안 되는 줄 알면서도 손이 제멋대로 소운설의 둔부로 향
했다. 제 버릇 개 못 주는 것이다.

"하겠소."

방세극은 대답하지 않으면 하늘에서 뚝 떨어진 이 엄청난

행운이 사라지기라도 할 것처럼 즉시 대답했다. 그러면서도 돌다리도 두드려 보고 건너야 한다는 사실을 잊지 않았다.

"만약 이 일이 나를 속이는 것이라면 무슨 일이 있더라도 도 형을 죽이고 말겠소."

"아하하하하하!"

그런데 갑자기 소운설이 고개를 젖히고 궁둥이를 들썩이면서 낭랑한 웃음을 터뜨렸다.

파양현 같은 시골구석의 일개 소방파 우두머리가 천하육룡의 등룡신권을 죽인다고 하니까 그녀도 모르게 박장대소가 터져 나온 것이다.

철썩!

도무탄은 다시 한 차례 그녀의 둔부를 때리고는 진지한 표정으로 방세극에게 고개를 숙여 보였다.

"이 일이 거짓이라면 기꺼이 내 목을 내놓겠소."

"또 하나."

방세극은 소운설이 웃은 것이 께름칙했으나 그래도 자신이 할 말은 다 했다.

"남경성에 있다는 그 운송업체 이름이 무엇이오?"

"무진운행이오."

"무진……."

방세극의 뇌리를 스치는 것이 있어서 그는 눈을 휘둥그렇게 떴다.

"무진운행이라면 천하삼대해운(天下三大海運) 중에 하나가
아니오? 더구나 무진운행은 해룡방 소유라고 들었는데…….."

해룡방 외상단 외방주 천유공이 이 년 전 낙양에 세운 운송
업체가 바로 무진운행이다.

이후 급속도로 사업을 확장하여 천하 곳곳에 지부를 두었
고 현재는 대선 삼백여 척을 거느리고 해외와 무역도 하는 어
마어마한 규모로 성장했다.

말하고 싶어서 입이 간지러운 소운설이 또다시 둔부를 들
썩이면서 종알거렸다.

"방 보주, 이분 존함이 무엇인가요?"

방세극은 의아한 얼굴로 도무탄을 쳐다보며 눈을 껌뻑였
다.

"도무탄… 아니오?"

"해룡방하고 도무탄이라는 이름하고 무슨 연관이 있는지
모르겠어요?"

"……."

방세극은 엄홍기의 소개로 도무탄과 인사를 할 때 분명히
그의 이름을 들었었다.

하지만 그가 설마 저 유명한 해룡방주 무진장이며 천하육
룡의 한 명인 등룡신권일 것이라는 생각은 눈곱만큼도 하지

않았었다.

"으허엇!"

한순간 방세극은 혼비백산하여 그 자리에서 퉁기듯 후다닥 일어섰다.

그리고는 두 눈을 찢어질 듯이 부릅뜨고 도무탄을 쳐다보며 물었다.

"서… 설마 도 형이 해룡방주 무진장이고 천하육룡의 등룡신권이라는 말이오?"

도무탄은 이렇게 된 이상 그 사실을 부인하는 것은 방세극을 우롱하는 것이라고 생각했다.

"그렇소."

"이런……."

방세극은 안색이 크게 변해 뒤로 주춤거리며 서너 걸음이나 물러났다. 그러더니 무서운 얼굴로 도무탄을 쏘아보며 내뱉었다.

"지금까지 날 갖고 논 것인가? 당신이 제아무리 해룡방주고 등룡신권이라고 해도 날 농락할 권리는 없다!"

도무탄은 어느 때보다도 진지한 표정을 지었다.

"나는 신성한 거래를 하면서 단 한 번도 상대를 우롱한 적이 없었소."

"……."

"거래를 할 때는 장사꾼만 있는 법이지 등룡신권이나 철검 랑 같은 것은 존재하지 않는 법이오."

"……."

방세극은 복잡한 표정으로 도무탄을 무섭게 쏘아보았다.

도무탄은 태연한 얼굴로 그에게 말했다.

"한 번 운항에 은자 삼만 냥을 내겠소. 거래를 하겠소? 아 니면 그만두겠소?"

잠시 침묵이 흐르면서 방세극의 표정이 수시로 변하더니 이윽고 원래의 자리에 단정하게 앉아서 허리를 꼿꼿하게 펴 며 대답했다.

"하겠소."

왈칵!

바로 그때 방문이 거칠게 열리면서 당무기가 엎어질 것처 럼 뛰어 들어오며 외쳤다.

"대협! 큰일 났습니다!"

도무탄은 당무기가 웬만한 일로는 이처럼 경망스럽게 굴 지 않는다는 사실을 알고 있기에 무엇 때문에 이러는지 적잖 이 궁금했다.

"무슨 일인가?"

당무기는 그제야 실내에 외인(外人)이 있다는 것을 알고는 머뭇거렸다.

도무탄은 방세극을 한 번 보고는 당무기에게 고개를 끄떡
여 보였다.

　"괜찮네. 우리 사람이니까 말하게."

　"절세불룡이 수라마룡을 공격하고 있다고 합니다!"

　"뭐야?"

　당무기는 봇물을 터뜨리듯이 말을 쏟아냈다.

　"수라마룡과 그의 세력이 기회를 엿보다가 추혼마교를 공
격했는데 그게 함정이었다는 것입니다!"

　"함정?"

　"추혼마교는 텅 비어 있었으며 수라마룡과 그의 세력이 추
혼마교로 들어간 직후 절세불련의 고수 오천여 명이 추혼마
교를 포위했다는 겁니다!"

　"음."

　도무탄이 잠시 생각에 잠겼다가 벌떡 일어서자 소운설과
방세극도 따라 일어났다.

　도무탄은 어리둥절한 표정을 짓고 있는 방세극을 보며 엷
은 미소를 지었다.

　"내 수하에게 말해둘 테니 그 일은 차질이 없을 것이오. 수
하가 방 형을 찾아가면 그의 말에 따르시오."

　"아… 알겠소."

      \*      \*      \*

우두두두―

세 필의 준마가 황진을 일으키면서 지축을 거세게 울리고 있다.

준마에는 도무탄과 소연풍, 주천강이 타고 있으며, 소연풍이 연신 투덜거렸다.

"나는 말보다 두 발로 달리는 게 좋다는 말이야."

그러나 도무탄과 주천강은 대꾸하지 않고 굳은 얼굴로 정면만 주시하고 있다.

이들 세 명의 친구는 호북성 추혼마교로 달려가고 있는 중이다.

『등룡기』10권에 계속…

현대백수 장편 소설

FUSION FANTASTIC STORY

간웅

**뇌성벽력이 치는 어느 날!**
고려 황제의 강인번을 들고 있던
어린 병사가 낙뢰를 맞고 쓰러졌다.

하지만… 다시 눈을 뜬 이는
현대 대한민국에서 쓸쓸히 죽은
드라마 작가 지망생.

**고려 무신 시대의 격변기 속에서 눈을 뜬 회생[回生].**
**살아남기 위해! 죽지 않기 위해!**
**그의 행보로 인해 고려는 서서히**
**변하기 시작하는데…….**

치세능신 난세간웅(治世能臣 亂世奸雄)!

격동의 무신 시대!
회생, 간웅의 길을 걷다!

Book Publishing CHUNGEORAM

절정고수들이 하늘 높은 줄 모르고 질주하는 현 세상.
서른여덟 개의 세력이 서로를 견제하는 혼돈의 시대.

그 일촉즉발의 무림 속에
첫 발을 디딘 어린 소년.

"나는 네가 점창의 별이 되기를 원한다."

사부와의 약속을 지키고
난세로 빠져드는 천하를 구하기 위해
작은 손이 검을 들었다!

박선우 新무협 판타지 소설 FANTASTIC ORIENTAL HE

풍운사일

BOOK Publishing CHUNGEORAM

유행이 아닌 자유추구 -
WWW.chungeoram.com

# 내일을 향해 쏴라

김형석 장편 소설

FUSION FANTASTIC STORY

1만 시간의 법칙!
'성공은 1만 시간의 노력이 만든다' 는 뜻이다.

그러나…
사회복지학과 복학생 수.
전공 실습으로 나간 호스피스 병동에서
미지와 조우하다.

1만 시간의 법칙?
아니, 1분의 법칙!

**전무후무한 능력이 수에게 강림하다!**
**맨주먹 하나로 시작한 수의**
**인생역전이 시작된다!**

Book Publishing CHUNGEORAM

WWW.chungeoram.com

절대호위

문용신 新무협 판타지 소설

FANTASTIC ORIENTAL HEROES

한량 아버지를 뒷바라지하며
호시탐탐 가출을 꿈꾸던 궁외수.

어린 시절 이어진 인연은
그를 세상 밖으로 이끄는데……

"내가 정혼녀 하나 못 지킬 것처럼 보여?"

글자조차 모르는 까막눈이지만,
하늘이 내린 재능과 악마의 심장은
전 무림이 그를 주목하게 한다.

"이 시간 이후 당신에겐 위협 따윈 없는 거요."

무림에 무서운 놈이 나타났다!

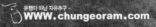